Heinrich Wilhelm von Gerstenberg

Ugolino

Eine Tragödie in fünf Aufzügen

Mit einem Anhang und
einer Auswahl aus den theoretischen
und kritischen Schriften

Herausgegeben von
Christoph Siegrist

Philipp Reclam jun. Stuttgart

RECLAMS UNIVERSAL-BIBLIOTHEK Nr. 141

Bibliographisch ergänzte Ausgabe 2001
Gesamtherstellung: Reclam, Ditzingen. Printed in Germany 2011
RECLAM, UNIVERSAL-BIBLIOTHEK und
RECLAMS UNIVERSAL-BIBLIOTHEK sind eingetragene Marken
der Philipp Reclam jun. GmbH & Co. KG, Stuttgart
ISBN 978-3-15-000141-7

www.reclam.de

Ugolino

Der Text folgt der Erstausgabe: (Anonym), Ugolino. Eine Tragödie in fünf Aufzügen. Hamburg und Bremen: Johann Hinrich Cramer 1768. Orthographie und Interpunktion wurden behutsam den gegenwärtigen Regeln angenähert

Ugolino.

Eine Tragödie,

in fünf Aufzügen.

Hamburg und Bremen.
Bey Johann Hinrich Cramer. 1768.

VORBERICHT

Die Geschichte dieses Drama ist aus dem Dante bekannt.

Ugolino, Graf von Gherardesca, und seine drei Söhne sind die Personen.

Die Zeit der Vorstellung eine stürmische Nacht.

Die Szene ein schwach erleuchtetes Zimmer im Turm.

ERSTER AUFZUG

Anselmo. Hilf dem armen Gaddo, mein Vater! Sein Anblick dringt mir ans Herz.

Ugolino. Guten Mut, mein wackrer Anselmo. – Armer Gaddo!

Gaddo. Ach, mein Vater!

Anselmo. Ich dachte nicht, daß es so böse Menschen auf der Welt geben könnte. Warum hat der Turmwärter dem armen Gaddo nichts zu essen gebracht? Ein tückischer Mann, der Turmwärter!

Ugolino. Er kann krank sein; es kann ihn ein Unglück betroffen haben. Er ist unschuldig an unserm Hunger.

Anselmo. Hungert dich denn auch, mein Vater?

Ugolino. Dich nicht, mein Lieber?

Anselmo. Mich dünkt, daß mich weniger hungern würde, wenn der arme Gaddo zu essen hätte. Ich kann sein eingefallnes bleiches Gesicht nicht ohne Schmerz ansehen. *(Umarmt Gaddo.)*

Ugolino. Armer Gaddo!

Gaddo. Sei nicht traurig, mein Vater.

Anselmo. Sieh, mein Vater, ich bin nicht traurig. *(Trocknet sich die Augen ab.)* Ich bin nur müde.

Ugolino. Und müßt ihr meine Tröster sein? Ha! es ist bitter.

Anselmo. Du sagtest, dem Turmwärter sei ein Unglück begegnet. Ist denn niemand, der ihm den Liebesdienst tun könne, statt seiner zu kommen? Es ist doch unbillig, daß Gaddo nicht essen soll. Kein Weib, keine Tochter, kein Blutsfreund?

Ugolino. Ich hoffe, mein Anselmo, daß jemand für ihn kommen werde.

Anselmo. Die Bedauernswürdigen haben unsrer vielleicht über dem Unglück des Mannes vergessen.

Ugolino. So ist's.

Anselmo. Ich bedaure sie von Herzen.

Ugolino. Gott wird dich wieder bedauern, mein Geliebter.

Anselmo. Und den kranken Gaddo.

Ugolino. Uns alle.

Anselmo. Dich? Und ein Gott müßt' es nur sein, der dich bedauerte. Von der Welt braucht ein so großer Mann, wie du, nicht bedauert zu werden. Meine Mutter hat mir oft gesagt, daß du ein sehr großer Mann bist; jedermann sagt es. Wenn ich ein Mann wäre, ich will nicht träumen, ein großer Mann: denn was habe ich, ich Pflanze! getan, daß ich ein Mann sein könnte, wie du? aber wenn ich ein Mann wäre, niemand sollte mich bedauern.

Ugolino. Wie das?

Anselmo. Doch itzt besinne ich mich: ich müßte auch ein freier Mann sein; nicht im finstern Turm eingesperrt sitzen; frei müßt' ich sein; frei meine Hand, (sie würde dann Nerve haben;) frei dieser Arm – ha!

Ugolino. Du schweigst? du glühst? Rede weiter, mein Sohn Anselmo.

Anselmo. Mein Vater! *(Seinen Arm um seinen Vater schlingend.)* Großer Mann! schäme dich meiner nicht, daß ich erröte! Ah, Gherardesca, nenne mich noch einmal deinen Sohn Anselmo!

Ugolino. Mein geliebter, mein edler Sohn Anselmo! Mein männlicher Sohn Anselmo!

Anselmo *(auf und ab gehend)*. Ich bin nur dreizehn Jahre alt: aber Ugolino Gherardesca hat mich seinen Sohn genannt. Männlicher Sohn ist zuviel: aber genug, Gherardesca hat mich seinen Sohn genannt! Zittre du, o du, den ich itzt denke, zittre vor dem Sohne Gherardescas, wenn er ein Mann sein wird!

Ugolino. Welch großer Gedanke drängt sich und keimt auf in deiner zarten Seele? Bewundernswürdig!

Anselmo. Ein Sprung vom Turme, sagte Francesco, ist ein kühner Gedanke: allein ein kühner Gedanke, setzte er hinzu, ist ein angenehmer Gedanke. Es ist wahr; je höher ich mir den Turm denke, desto höher erhebt sich meine Seele.

Ugolino. Nun?

Anselmo. Wie ärgert's mich, daß Francesco mir darin zuvorkommen mußte!

Ugolino. Was schwärmst du, Knabe? Worin zuvorkommen?

Anselmo. Das zu denken! ach! – In jedem entzückenden gefahrvollen Gedanken läßt er mich hinter sich. Du würdest mich nicht so mit der Miene Knabe nennen: würdest du? Es schmerzt mich, mein Vater!

Ugolino. Ruggieri, laß deinen Grimm diesen Weg nehmen! *(Auf sein Herz zeigend.)* Feind meiner Seele, laß ihn diesen Weg nehmen!

Anselmo *(erschrocken).* Wen nanntest du? Ah, mein Vater!

Gaddo. Ruggieri? O sieh, sieh, mein Vater! *(hält ihm seinen Nacken hin)* so hat er mich geschlagen!

Ugolino. Traurig! jammervoll! wie sie in meiner Seele wütet! o diese Erinnerung!

Gaddo. Er schlug mich! So hob er seine Hand auf! – Dann schlug er mich. Weder mein Vater noch meine Mutter haben mich geschlagen. Meine Mutter wollte mich in ihrem Busen verbergen; und der eiserne Erzbischof traf auch sie.

Ugolino. Und wo war ich bei dieser schändlichen grausamen Szene? Ah, Barbar! das ist es! das schmerzt! Daß deine Büttel mich unter der schwärzesten aller Nächte (verbannt sei sie auf ewig aus meinem Gedächtnisse!) niederdrücken mußten, daß ich nicht um mich her schauen, nicht in dem gerechten Zorne meiner Seele mich erheben, dich nicht zwischen meine ausgestreckten Hände fassen, dir nicht das verruchte Herz aus dem Leibe drücken konnte! Doch du tatst wohl, daß du den Bären aus seiner

Höhle entferntest, und Dank sei deiner Weisheit! Beruhigt euch, meine Kinder! Wie ist's, Gaddo?

Gaddo. Sage mir, mein Vater, warum ward dieses Fenster so klein gemacht?

Anselmo. Daß man nicht durchschlüpfe, Gaddo.

Gaddo. Ein glücklicher Einfall! Man hat vorausgesehn, daß der Erzbischof versuchen würde, zu uns zu kommen, und darum hat man das Fenster so klein gemacht. Ein guter Einfall! Ich wunderte mich schon, daß er uns so lange in Ruhe gelassen hat.

Anselmo. Wollte Gott, er käme!

Gaddo. Pfui, Anselmo!

Anselmo. Ich sage noch einmal, wollte Gott, er käme.

Gaddo. Das Blut starrt mir in den Adern, du böser Anselmo.

Anselmo. Aber wohl zu verstehn, durch dies kleine Fenster: den Kopf voran, und die übrige Schlange strotzte draußen im Freien und könnte sich nicht nachwinden! und ich stünde hinter ihm an der Wand! ungesehn! Hei, Gaddo! *(Umarmt Gaddo.)*

Gaddo. Mutwilliger! Er würde seine Büttel mit sich bringen.

Anselmo. Die möchten wieder heimkehren. Ich wünsche keinem Menschen Arges als ihm.

Gaddo. Hat er dich auch geschlagen?

Anselmo. Was Schlimmers, Gaddo. Er hat mich gehöhnt.

Gaddo. Gehöhnt?

Anselmo. Er hob mich auf seine verhaßten Arme, als wär' ich ein Säugling, setzte mir sein Barett auf den Kopf und nannte mich Prinz von Pisa.

Gaddo. Prinz von Pisa? Was ist das?

Anselmo. Merkst du denn nicht, daß er unsers großen Vaters spotten wollte?

Gaddo. So scheint's. Und du?

Anselmo. Ich zitterte. Bischof! stammelte ich, Bischof! warum? wie? für was diese Krönung? Ich mache keine

Ansprüche darauf, Bischof. Ich lege das Diadema – zu deinen Füßen. – Weg flog das Barett.

Gaddo. Gut war's, daß du das Barett nicht behieltest. Wer weiß, es könnt' ihn gereut haben; und so hätt' er dich auch geschlagen.

Ugolino. Ihr Kinder macht mich lächeln. Wie, mein kleiner Freund, du warfst ihm das Barett vor die Füße? Was sagte der Mann da?

Anselmo. Seine plumpen Augen schwollen ihm ganz dick im Kopf auf, recht so, wie ich's an der Kröte gesehen habe, die Francesco mit dem Wurf einer Orange traf. Er preßte mich fest an sich, kniff blaue Mäler in meinen Arm, biß die Lippen zusammen und ließ sie dann hangen, sprach kein Wörtchen, nahm das Barett langsam vom Boden auf. Traun, er kam mir so hölzern vor, daß ich ihn im Bücken von mir stieß und mit einem Schwunge seinen Armen entsprang.

Gaddo. Was für boshafte Menschen es gibt! Er kniff dich doch, ob du ihm gleich das Barett zurückgabst!

Anselmo. Nun fand er die Sprache. Er rief seinen Sbirren, mich, den Buben (so schalt seine Wut), meinem Vater (ich verschweige den Namen seiner Vergiftung: was über seine Zunge geht, wird ein Greuel) –

Ugolino. Er hat keine andre Waffen.

Anselmo. – nachzuschleppen, mich aus dem Drachenneste hinweg in den Turmkerker zu schleppen. Ich danke dir, antwortete ich mit einer Verbeugung, ein Drachennest ward diese Wohnung erst, da du sie mit deiner Brut betratst. Ich wollte mehr sagen: die Sklaven aber bebten, wie Totengerippe, mit mir davon. Nun bin ich hier; drum sei nicht traurig, mein Vater.

Ugolino. Ach, Anselmo, du süßer Knabe, kannst du –

Anselmo. Du wendest deine teuren Augen von mir weg, mein Vater?

Ugolino. Kannst du – und du, mein sanfter Gaddo, – könnt ihr mir vergeben, meine Kinder?

Anselmo *(zu Gaddo)*. Unser Vater ist wunderbar bewegt. Wie er mir die Hand drückt!

Ugolino. Nur dies noch. – Ihr Unschuldigen, vergebt mir!

Gaddo. Ach! er zürnt, unser Vater. Was mag er meinen?

Anselmo. Er riß sich mit Gewalt von uns los. Er wollte noch etwas sagen; ich sah's; er zwang die Sprache zurück in seine männliche Brust: eine hohle dumpfichte Sprache, wie eines Schluchzenden –

Gaddo *(weinend)*. Ah!

Anselmo. Fürchterlich!

Gaddo. Erblasse nicht so, Anselmo! Du erschreckst mich nur mehr.

Anselmo. Er wendet sich zu uns. Holdseliger Vater! wie er uns anlächelt!

Ugolino *(setzt sich)*. Komm her, mein Gaddo – wenn die Entkräftung dir noch so viel Schritte erlaubt – geliebtes Kind – *(Hebt ihn auf seinen Schoß.)*

Gaddo. Ich? ich sollte entkräftet sein? *(Seines Vaters Hände küssend.)*

Anselmo. Nein, Vater, belebende Kraft geht von deinem Antlitze aus; das ist gewiß.

Ugolino. Wie alt bist du, Gaddo? weißt du's?

Gaddo. Zwölf Jahre, wo mir recht ist.

Anselmo. Einfältiger Gaddo! kaum sechs.

Ugolino. Laß ihn, Anselmo. Jammer und Elend haben seinen kleinen Lebenslauf schnell beflügelt. Er zählt besser, als du glaubst.

Anselmo. Wie, mein Vater? Ich selbst bin wenig über zwölf Jahre alt. Ich müßte doch drum wissen.

Ugolino. Wahr ist's. Deine reifern Tage haben viel Freude gekannt. O du liebesvolle Genügsamkeit! Du hassest Ruggieri, sagst du? sprich nicht, daß du ihn hassest.

Anselmo. Ihn? Er ist mir ein Grauen! dir nicht, Gaddo? Hassest du ihn nicht? Sprich.

Gaddo. Ich fürcht' ihn, Anselmo. Daß ich ihn hasse, kann ich nicht sagen. Ich weiß nicht, was das ist.

Ugolino. Gaddo liebt mich.

Anselmo. Nicht mehr, als ich dich liebe; nicht mehr, als ich deinetwegen Ruggieri hasse!

Ugolino. Meinetwegen?

Anselmo. Deinetwegen: deiner zerstörten Glückseligkeit wegen, du Befreier von Pisa! laß mich dich dies erstemal mit diesem Namen nennen, großer Mann! Aber auch meiner Mutter wegen; ihrer vielen Tränen wegen! Aber auch Gaddos wegen! sollt' ich den Feind deiner Ehre, den Urheber deines Verderbens nicht hassen? Mein Vater, so müßt' ich mich selbst hassen; vergib mir.

Ugolino. Nicht weiter! nicht weiter grausamer junger Mensch. Du bist schwerer zu ertragen als ein unruhiges Gewissen.

Anselmo. Mein Vater!

Ugolino. Geh!

Anselmo. Den Urheber –

Ugolino. Geh, sag ich, entfleuch!

Anselmo. Vergib mir. Den Störer deiner Ruhe –

Ugolino. Verstumme! Zittre!

Anselmo. Den Herrschsüchtigen –

Ugolino. Zittre; du hassest mich! Der Urheber eures Verderbens, der Störer eurer Ruhe, der Herrschsüchtige, der Verräter, der bin ich! Genug, Schmerzenssohn! Du hast nicht verdient, was du für mich leiden mußt.

Anselmo *(zu Gaddo)*. Neue Wolken gehn in unsers Vaters Augen auf. Ich für ihn leiden? Ach, mit Wonne! mit Wonne! wenn nur er dann nicht litte! Nicht wahr, Gaddo, du wolltest auch für unsern Vater leiden? wolltest du?

Gaddo. O ja! viel lieber, als ihn so traurig sehn.

Anselmo. Und worüber so traurig? sind wir nicht hier bei dem besten Manne? Du auf seinem Schoße, ich in seinen Arm gelehnt? Wenn jemand sich zu beklagen hat, so ist's unsre Mutter –

Gaddo. Der der Mann mit dem traurigen Namen so unfreundlich begegnete, –

Anselmo. Recht, daß er sie allein im Palaste zurück ließ. Hier hätt' er sie herschicken sollen; und wir wären eine Welt der Freude füreinander gewesen. Dies einzige ist's, glaube mir, Gaddo, denn was könnt' es sonst sein? was unsern Vater so traurig macht. Husch! da kömmt Francesco. *(Läuft ihm entgegen.)* O mein anmutiger Bruder! immer so heiter! so emporwallend! Dein Kommen ist mir erwünschter als der jugendliche Morgen. Aber unser Vater ist traurig.

Francesco *(leise zu Anselmo).* Freue dich, Anselmo: der Entwurf ist reif; und er soll ausgeführt werden!

Anselmo. Ist irgendein Beinbruch oder Armbruch oder so was damit verbunden?

Francesco. Nein, das ist eben das Schlimme, daß die Sache so gar leicht ist. Nicht die mindeste Gefahr, auf mein Wort.

Anselmo. Erkläre dich.

Francesco. Du hast die Öffnung gesehn –

Anselmo. Was? die Öffnung in der Spitze des Turms? Du schwärmst, Francesco!

Francesco. Hahah! schwindelt dir so früh?

Anselmo. Die Öffnung, sagst du, oben an der Spitze des Turms! Geh doch! geh! dieser Gedanke ist so erhaben, daß ich ihn dir nicht nachdenken kann: um desto mehr aber bewundre ich ihn.

Francesco. Schmeichler!

Anselmo. Ganz wider meine Absicht. Überdem getraut ich mir kaum, ein Bein hindurchzubringen.

Francesco. Nicht gestritten! Ich sage dir, Bübchen, die Öffnung ist so groß, daß sie beide durchschlüpfen, Kopf und Arme hintendrein.

Anselmo. Und wie hast du das gemacht?

Francesco. Wie macht man's? Erst hab ich einen Stein gelöst, dann wieder einen, dann noch einen und abermals einen gelöst: genug, Schwätzer, wenn du mir nicht glaubst, komm und sieh.

Anselmo. Dann springst du von oben mit einem Sprunge aufs Pflaster herunter! Patsch! war's nicht so?

Francesco. Nicht völlig so. Mit Absätzen spring ich, wie das Eichhörnchen vom Ahornbaum. Du hast's ja wohl gesehen.

Anselmo. Ich springe doch mit, Lieber? Nun du mir davon sprichst, wird's mir ja ganz warm im Kopfe. Nicht? ich springe doch mit, Francesco?

Francesco. Nicht doch! Du schreitest mit aller Gemächlichkeit zur Turmtüre hinaus. Was ist begreiflicher, als daß ich die Turmtüre öffne, wenn ich unten bin? Doch dies muß seine Zeit haben. So viel verspreche ich, ehe der Morgen kömmt, seid ihr frei, frei, wie euch Gott erschaffen hat; oder ich heiße nicht Francesco.

Gaddo *(horchend)*. Ach lieber Gott! dann wird gegessen werden!

Anselmo *(traurig)*. Und ich soll unten wie ein armseliger Tropf zur Turmtüre hinausschreiten? was sag ich schreiten? schleichen! Eher soll man mich bei den Haaren hinausschleppen! Merke dir's, Stolzer, ich springe!

Francesco. Tor, wird unser Vater nicht auch hinausschreiten?

Gaddo *(der seines Vaters Schoß verläßt und Anselmo am Rock zupft)*. Sprich, daß du schreiten willst! Was ist daran gelegen? Geht's doch hinauswärts!

Ugolino *(auffahrend)*. Was habt ihr Kinder?

Francesco. Mein Vater, es findet sich im Turm eine Öffnung – eine Öffnung – von der ich dein Urteil wissen möchte.

Ugolino. Der heftige Sturm, der über uns im Gewölke kracht und die Spitze schüttelt, hat vermutlich die Mauer zerrissen. Ist der Riß so tief, daß man auf die Gasse sehen kann? Es würde mir ein neuer schöner Anblick sein, auch außer diesen Wänden Menschen, das Bild Gottes, zu erblicken; so wenig die in Pisa es um mich verdient haben.

Francesco. O Himmel! einen Riß nennst du's, mein Vater? Komm, komm, du sollst Wunder sehn.

Ugolino. Ha! ist's mehr als ein bloßer Riß?

Francesco. Einen Schlund nenn es, mein Vater; wofern man das einen Schlund nennen kann, was den Leib eines Menschen durchläßt –

Ugolino. Was sagst du, Jüngling? Du treibst mir das Herz an den Hals hinauf! Ha! geschwind laß mich sehn.

Francesco *(winkt Anselmo).* Gib acht, Bübchen, unser Vater wird's nicht nur verstatten: er wird mich drum bitten.

Ugolino. Hurtig! hurtig! *(Geht mit Francesco ab.)*

Anselmo. Bemerktest du den Übermut unsers Bruders? O Gaddo, es ist ein unerträglicher Gedanke!

Gaddo. Ein unerträglich süßer Gedanke! Nun kann ich's kaum abwarten.

Anselmo. Er der Erretter des Gherardesca? Wie wird's des Übermütigen Herz aufschwellen, wenn unsere Mutter mit dem Finger hinzeigt, sprechend: „Seht, dies ist mein Erstgeborner, der seinen Vater und seine beiden Brüder befreite!“ Von uns aber sagt man kein Wörtchen!

Gaddo. Wenn unsere Mutter das spricht, so wird mir's so lieb sein, als spräche sie es von mir: warum? es gebührt ihm so!

Anselmo. Allerdings. Aber hätt' ich nicht machen können, daß es mir auch so gebührte?

Gaddo. Schäme dich, Anselmo. Du liebst Francesco nicht, wenn du ihn nicht loben hören magst.

Anselmo. O Gaddo, ich lieb ihn gewiß mehr als du: denn ich möcht' ihm gleich sein.

(Ugolino und Francesco kommen zurück.)

Ugolino *(schnell auf und ab gehend).* Wenn diese Öffnung so tief unten wäre, als sie hoch oben ist! –

Francesco. Glaube nicht, mein Vater, daß sie zu hoch oben ist. Du wirst die Zinnen draußen an der Mauer bemerkt haben.

Ugolino. Gram und Alter haben mich schwerfällig gemacht. O Ruggieri! Verworfner! nur einmal dich so unter meiner Hand zu wissen! so dein Schlangenhaar zu ergreifen! so dein Leben an die Spitze meines Fußes zu heften! so dir die höllische Seele aus dem Leibe zu treten!

Francesco. Königlicher Anblick! was wollt' ich drum geben!

Anselmo. Der Zorn schwellt ihm die Lippen!

Ugolino. Gib mir Geduld! Gott im Himmel! Gib mir Geduld! Wartet hier, meine Kinder. Ich komme gleich zu euch. *(Geht ab.)*

Francesco. Er wird die Öffnung näher untersuchen wollen. Wenn er sich nur nicht im edlen Grimm seines Herzens auf das Ungeheuer herabstürzt, gleich dem erhabnen Vogel, der sich ins Steintal wirft, wo er einen Drachen erblickte.

Anselmo. Fürchte das nicht, Francesco. So aufgebracht unser Vater wider Ruggieri ist, so ist er's doch noch mehr wider sich selbst. Mir zwar ein Rätsel.

Francesco. O es ist ein großer, ein wunderbar großer Geist, der in diesem Manne, unserm Vater, wohnt! Er schmälert seine Verdienste, um sein Schicksal zu rechtfertigen.

Anselmo. Sie schmälern, die kein Sterblicher zu schmälern wagt? Sie selbst schmälern? Wie kann er's?

Francesco. Pisa seufzte unter dem Joche eines Tyrannen. Gherardesca stand auf und rächte die Seufzende.

Anselmo. War es nicht edel? war es nicht göttlich?

Francesco. Was war es nicht! Aber nun blies ihm Ruggieri, schon lange sein heimlicher Neider, nun blies ihm der Gesandte des Abgrundes, der, um sichrer zu verschlingen, im priesterlichen Mantel der Religion umherschleicht, der blies ihm den Gedanken ein, Pisas Wohl erfordre einen Beherrscher, niemand habe ein höheres Recht auf Pisas Diadema als Gherardesca. Gherardesca wagte den kühnen Schritt, den er sich nie verzeihen wird; und Gherardesca ward unglücklich.

Anselmo. Wußte der Heimtückische ihn so zu verwickeln? Ist das die Welt? Nun, bei der heiligen Mutter Gottes, ich verabscheue sie!

Francesco. Die *Gualandi*, die *Sismondi*, die *Lanfranchi*, die *Buondelmonti*, die *Cavicciulli*, alle seine Freunde und Bewundrer, sie alle verließen ihn. Noch mehr: sie schwuren seinen Fall. So fiel Gherardesca.

Anselmo. Durch seine Freunde! Oh, es ist unerhört! es ist unerhört! Francesco, wir sind Gherardescas Söhne!

Francesco. Und ehe der Morgen kömmt, Gherardescas freie Söhne!

Anselmo. Gib mir deine Hand, Francesco. Bei dieser brüderlichen Hand! gehüllt ins Dunkel dieser schauernden Mitternachtstunde! schwör ich! und so möge lautes Hohngelächter mir auf der Ferse folgen, wenn ich vergebens schwöre! ich will den Namen Gherardesca rächen! rächen! rächen!

Francesco. Gaddo weint? warum weint mein Gaddo?

Gaddo. Ja wohl, eine schauernde Mitternachtstunde! Muß ich so was von meinem Bruder Anselmo hören! Geht weg von mir; ihr macht mich fürchten.

Ugolino *(tritt an die Szene)*. Ich wollte dir nur sagen, Francesco, daß du nicht weiter daran denkst. Gherardesca soll nicht flüchten, als wär' er ein Bandit. Überdem ist der Sprung unmöglich; und unten lauern Kundschafter. *(Geht ab.)*

Francesco *(bestürzt)*. Eine Donnerstimme!

Anselmo. Glück zu. Dir verbot es unser Vater: aber ich darf den Sprung wagen, und ich will. Lebe wohl, guter Francesco. Denke du der Donnerstimme nach: unterdes steh ich draußen an der Turmtüre.

Francesco. Kundschafter in dieser Totenstunde? In diesem Sturme, der die Erde aus ihren Angeln zu reißen droht? Wozu Kundschafter?

Anselmo. Sie sind nicht dumm!

Francesco. Nein, mein Vater, flüchten soll Gherardesca nicht, als wär' er ein Bandit! Noch haben wir Freunde! Dank sei es der Vorsicht! Die Häuser der *Ruccellai*, der *Cerrettieri* und der *Cavalcanti* sind noch alle auf unsrer Seite. Hast du nicht selbst *vor zwei Tagen, in dem Briefe an meine Mutter, den der Turmwächter zu bestellen übernahm,* diese mächtigen Häuser aufgeboten? Und soll der Befreier von Pisa hier im abscheulichen Turmkerker umkommen? Nein, nein, mein Vater, meine Gegenwart ist unentbehrlich, und Francesco soll dich retten. Nenn ihn ungehorsam, vermessen, wie du willst; Francesco soll dich retten!

Anselmo. Gib dir keine Mühe: er hat der Söhne mehr.

Francesco. Komm, Anselmo, du magst mich zurechtweisen, wenn ich an der Mauer herabklimme.

Anselmo. Und ich soll das Nachsehn behalten? soll ich?

Francesco. Du bist ein Geck. Die Sache ist zu ernsthaft, um ein Wortspiel daraus zu machen. Erinnre du dich deines Schwurs, mir überlasse den Sprung: so sind wir beide Gherardesca! *(Gehen ab. Gaddo legt sich auf den Boden nieder.)*

ZWEITER AUFZUG

Anselmo *(läuft zu Gaddo hin)*. Schläfst du? Daß der Wind mich nur nicht überhole! Hei, beim Sankt Stephan, ich bin flüchtiger, als ein junges Reh! *(Läuft.)* Hi! hi! hi! o daß ich recht auslachen dürfte! Schläft er denn immer? *(Läuft wieder zu Gaddo hin.)* O mir! wie es so wohl tut! hüpfen möcht' ich, ja hüpfen, wie ein Lamm der Herde! *(Hüpft und läuft fort. Gaddo erwacht.)*

Gaddo. Wie ist mir? Ich bin gespeist und getränkt, und vergesse das Gratias! *(Knieend.)* Dank sei dir, heilige

Mutter Gottes, für Speise und Trank! Du hast wohl an mir getan, Madonna: denn deinen armen Knaben hungerte sehr. Laß dir das Gebet meiner Einfalt gefallen, und gib mir noch etwas drüber! Dank sei dir auch, heilige Jungfrau, für die Speisung meines lieben Vaters und meines lieben Bruders Francesco und meines lieben Bruders Anselmo. Ich danke dir. Du hast viel Gutes getan uns allen.

Anselmo *(kömmt zurück).* Der anmutige Knabe betet. Was mag er beten? Ich will ihn nicht stören.

Gaddo. Du störst mich nicht, Anselmo: ich hatte das Gratias vergessen.

Anselmo. So weißt du sie denn schon, die fröhliche Neuigkeit?

Gaddo. Wie sollt' ich sie nicht wissen?

Anselmo. Du hast uns belauscht, Schalk. War's nicht ein köstlicher Anblick? eine bezaubernde Augenweide?

Gaddo. Eine bezaubernde Mundsweide!

Anselmo. Auch das, Gaddo. Eins folgt aus dem andern. Doch wünscht' ich, daß du davon nicht zuviel erwähntest.

Gaddo. Wie das?

Anselmo. Unter uns gesagt, meine Eßbegierde ist nie unruhiger gewesen.

Gaddo. Ich konnt' es merken. Du fielst grausam über die Schüsseln her.

Anselmo. Ich fiel nicht, Gaddo, sondern ich möchte fallen.

Gaddo. Dich hungert schon wieder? Eine seltsame Eßbegierde!

Anselmo. Das ist lustig!

Gaddo. Ungemein!

Anselmo. Ha, ha, ha!

Gaddo. Hi, hi, hi!

Anselmo. Immer lustiger. Du bist leichter zu sättigen als ich, Gaddo.

Gaddo. Ich bin zufrieden, Anselmo; ich habe mein Teil genossen! *(Sich über den Mund streichelnd.)*

Anselmo. Wenn's aufs Genießen ankömmt, so ist eine gute Aussicht mir bei weitem nicht zureichend.

Gaddo. Ich denke, ich denke, Anselmo, du bliebst bei der guten Aussicht nicht stehen. Hi, hi, hi!

Anselmo *(ernsthaft)*. Ich blieb? Wovon redest du, Gaddo?

Gaddo. Nein, wenn du mir von Aussichten sprichst, Anselmo, als ob du nur ein Zuschauer gewesen wärst, da ich doch das Gegenteil weiß!

Anselmo. Wahrlich, Gaddo, nun versteh ich dich nicht.

Gaddo. Wie? du möchtest mich wohl überreden, du wärst so mäßig gewesen. –

Anselmo. Weil sie schlecht war, deine Mahlzeit: nicht so?

Gaddo. Ah, sie ging doch mit. Der Smerlen und des Geflügels viel! An Gebacknem kein Mangel! Zuckerbrot und Früchte von allerlei Art. Ich kann mich nicht rühmen, daß diese Augen je eine besser besetzte Tafel gesehn hätten.

Anselmo. Vermutlich auch der süßen Weine nicht wenig?

Gaddo. Freilich nicht. Aber du weißt, daß ich keinen Wein genieße.

Anselmo. Ich hätte doch geglaubt. Wie, Gaddo, sollst du deinen ältern Bruder necken?

Gaddo. Was gibts hier zu necken? als ob du es nicht wüßtest!

Anselmo. Du sprichst also im Ernst?

Gaddo. Man kann nicht ernsthafter.

Anselmo. Beim Himmel, so bist du der seltsamste Gaddo auf Erden.

Gaddo. Und du der Ungenügsamste unter den Anselmos. Eine solche Tafel schlecht zu nennen!

Anselmo. Und wo hast du diese köstliche Tafel ausgefunden?

Gaddo. Wie, im Hause unsers Vaters. Sind wir nicht im Hause unsers Vaters?

Anselmo. Du träumst, Gaddo. Sieh dich um. Ist dies ein Zimmer im Hause unsers Vaters?

Gaddo. Das ist sonderbar. Aber ich will sterben, wenn ich weiß, wie ich nun schon wieder hiehergekommen bin.

Anselmo. Du bist nicht vom Fleck gekommen, Gaddo. Du hast geschlafen. Besinne dich. Du hast geträumt.

Gaddo. Geträumt? Possen! Fühl ich's denn etwa nicht, daß ich satt bin? Und vor kurzem hungerte mich noch so sehr!

Anselmo. Recht so habe ich von Leuten gehört, die aus Hunger geträumt hatten, sie äßen, und beim Erwachen hungerte sie nicht. Ich wünsche dir Glück zu deinem Traum; auch zweifle ich keinesweges an der guten Vorbedeutung. Wenn du nicht gegessen hast, Gaddo, so bist du doch auf dem Wege zu essen. Du weißt, daß es Francesco gelungen ist, uns vielleicht noch in dieser Nacht zu befreien.

Gaddo. Ich? ich weiß kein Wort davon.

Anselmo. Du sagtest mir eben itzt, daß du es wüßtest.

Gaddo. Sagte ich's? Ja, so ist's offenbar, daß ich nur geträumt habe. Ich dummer Gaddo! Fast möcht' ich weinen.

Anselmo. Warum weinen? Hörst du denn nicht, kleiner Träumer, daß du noch in dieser Nacht essen sollst?

Gaddo. Ist der Turmwärter wieder da? Der gute Turmwärter! Wo ist er? Ich sehe ihn nicht.

Anselmo. Nicht der Turmwärter, sondern Francesco bringt Speise und Trank und Freiheit und Freude.

Gaddo. Wenn's nur gebracht wird! Zwar von Francescos Hand wird es mir noch besser schmecken. Ich liebe Francesco sehr.

Anselmo. Du haftest noch überall an der Schüssel. Francesco bringt nicht bloß Speise, sondern Freiheit.

Gaddo. Was geht mich Freiheit an! Hab ich doch zu essen!

Anselmo. Welch ein Gedanke! Gehn dich die aromatischen Blumenfelder, geht dich die Villa Gherardesca, geht dich der neue Himmel, die neue Sonne, die neue Erde nichts an?

Gaddo. Nichts, Anselmo; ich esse.

Anselmo. Unersättlicher! du issest? – Nichts die luftige

Grotte? Nichts die weißschäumende Zisterne? Nichts die kristallnen Forellbäche?

Gaddo. Ah! die Forellbäche!

Anselmo. Nichts der gesangvolle Park, der stillere See, die jähen Ufer, vom Getön der Gondeln hallend, das Scherzen der vorüberhüpfenden Rudel, der brausende Auerhahn, die zirpenden Weinvögel, Heidelerchen und Ortolane, der Fasan, die Turteltaube vor dir her, und unter dir die leichte Sardelle, die Alose, der Goldfisch, die schmelzende Lamprete –

Gaddo *(hält ihm den Mund zu)*. Sprich nicht mehr davon, Anselmo; du hast mich ganz.

Anselmo. O Gaddo! mein Gaddo! mein geliebter Gaddo! stelle dir die Wonne, das Entzücken vor!

Gaddo. Ach! so lebhaft!

Anselmo. Wir baden unter dem blumichten Abhange im Silberquell; sieh! die langen Aale schweben im Schatten der Weinrebe; und nun schlüpfen sie dahin! schneller schlüpfen sie dahin als der Schilfpfeil von der Darmsehne!

Gaddo. Laß mich! laß mich!

Anselmo. Was gibts?

Gaddo. Ich will ihnen nachschwimmen. Ich will sie einholen.

Anselmo. Hab ich dich, Schalk? Gut! unsre Mutter kömmt. Die edle Mutter!

Gaddo. Die freundliche Mutter!

Anselmo. Anselmo! ruft sie. Gaddo! ruft sie. Halb zitternd.

Gaddo. Warum zittert sie?

Anselmo. In eben diesem Bade zog unsern Bruder Francesco ein zuckender Krampf unters Wasser bis zur Tiefe. Sie warf ihm einen Kastanienast nach; sonst war er verloren.

Gaddo. Die gütige Mutter! Sie liebt uns auch, Anselmo.

Anselmo. Allerdings; eben darum zittert sie. Wir pflükken purpurne Waldblumen jenseits am Ufer und binden ihr einen Kranz, von Zypressenlaub umwunden. Lächelnd nimmt sie den Kranz und drückt ihn mir auf die Stirne.

Gaddo. Nein, mir.

Anselmo. Nicht doch, Gaddo; ich habe ihn ja geflochten.

Gaddo. Und ich die Blumen gesammelt.

Anselmo. Gut! wir wollen ihrer zwei machen. Aus Freude sing ich ihr ein Frühlingslied in die Laute.

Gaddo. Und ich zeichne ihr einen dritten bessern Kranz von Amaranten, Anemonröschen, Tausendschön und Stockrosen.

Anselmo. Weg mit den Stockrosen!

Gaddo. Weg mit den Stockrosen? Ich sage dir, es gehört Kunst dazu, eine Stockrose zu malen.

Anselmo. Und ich sage dir, weg mit den Stockrosen! Stockrosen in einen Kranz? Unser Vater macht sich unterdessen zum Herrn von Pisa. Er versteht sich aufs Herrschen.

Gaddo. Ja, und es ist süß, kann ich dir sagen, von unserm Vater beherrscht zu werden. Geh nicht dorthin, spricht er, du fällst; tritt nicht gegen die Flamme, Gaddo, sie brennt. Unter uns, man geht am sichersten, wenn man ihm gehorcht.

Anselmo. Da schenkt er uns dann irgendein Ländchen von einer nicht geringen Strecke in die Länge und in die Breite, um Federvieh und Kaninchen zu unterhalten.

Gaddo. Sind auch Wälder dabei?

Anselmo. Ohne Zweifel. Die aber behalt ich für mich, der Rehe wegen. Du weißt, daß ich ein Liebhaber von Rehen bin.

Gaddo. Und ich von Nestern. Ich eigne mir die Nester darin zu.

Anselmo. In meinem Holze?

Gaddo. Mein oder dein: im Holze.

Anselmo. Es ist wider die Ordnung, Gaddo. In mein Holz mußt du mir nicht kommen.

Gaddo. Ich nicht in dein Holz kommen?

Anselmo. Nein, Gaddo, keinen Fuß breit, außer wenn ich dir's erlaube.

Gaddo. Wer will mir's wehren? Ich gehe hinein.

Anselmo. Ich laß es einhegen.

Gaddo. Ich steige über.

Anselmo. Über mein Gehege?

Gaddo. Über dein Gehege.

Anselmo *(erhitzt).* Was? über mein Gehege wolltest du steigen?

Gaddo. Ohne Umstände.

Anselmo. Eher will ich unter Heiden und Sarazenen wohnen als diese Ungerechtigkeit dulden.

Gaddo *(bewegt).* Anselmo!

Anselmo. Reize mich nicht. Ich bin zornig.

Gaddo. Anselmo!

Anselmo. Laß mich.

Gaddo. Nimm die Nester denn nur: ich mag sie nicht.

Anselmo. Wie? die Nester?

Gaddo. Nein, Anselmo, es tut mir leid, daß du die Wälder bloß meinetwegen einhegen sollst. Ich bin ein Liebhaber von Nestern: aber ich liebe dich mehr, Anselmo.

Anselmo. Großmütiger Gaddo! Wie du mich rührst, Gaddo! Du schenktest mir die Nester; ich aber verbot dir, in mein Holz zu kommen. Nein, Gaddo, behalt die Nester, nimm die Rehe dazu, nimm die Wälder –

Gaddo. Du beschämst mich, Anselmo! Ferne sei es von mir –

Anselmo. Ich bitte, ich flehe, ich beschwöre dich!

Gaddo. Niemals, niemals –

Anselmo. O du brüderliche Zärtlichkeit! *(Fällt ihm um den Hals und weint; sie weinen beide.)*

Ugolino *(tritt auf).* Ja wohl brüderliche Zärtlichkeit! Welch ein holder Anblick! O ihr teuren zartfühlenden beide! ihr weint?

Gaddo. Lauter Freude!

Ugolino. Du warst doch vorher nicht eben freudig.

Gaddo. Aber itzt bin ich's, mein Vater: denn nun Francesco entsprungen ist, haben wir ja Essen die Fülle. Haben wir nicht?

Anselmo. Pisch!

Ugolino. Francesco entsprungen! Was sagst du, Gaddo?

Anselmo *(zupft Gaddo und droht ihm)*. Hm!

Ugolino. Unmöglich! Wo ist Francesco?

Gaddo. Mum!

Ugolino. Antworte du mir, Anselmo. Wo ist Francesco?

Anselmo. Um Vergebung, mein Vater – ich will gleich wieder hier sein.

Ugolino. Rufe mir Francesco augenblicklich her. Du zögerst?

Anselmo. Mein Vater, Francesco – ist vom Turm gesprungen.

Ugolino. Was? was? vom Turm gesprungen? vom Turm wär' er gesprungen? Unglücklicher! er ist zerschmettert! er ist Staub!

Anselmo. Dafür ist gesorgt. Ich bin mehr Staub als er: laß mich dir das sagen, mein Vater, er lebt wie unser einer und besser. Er gab mir das Zeichen mit den drei Steinwürfen. Ich höre sie noch von den Dachziegeln rollen. Ein so musikalisches Rollen als ich eins in meinem Leben gehört habe. Ich will dir's auf der Laute machen. O mein Vater, deine Söhne sind klüger, als sich zu zerschmettern.

Gaddo. Mach's nur nicht auf der Laute. Mich dünkt, ich höre das Rollen schon so.

Ugolino. Ich hatt' es dem Ungehorsamen verboten –

Anselmo. Daran zu denken, mein Vater: darum tat er es rasch.

Ugolino. Du mißfällst mir. Du bist zu kühn.

Anselmo *(kleinlaut)*. Ach nein! nein! mein Vater! Francesco ist kühner. Mit diesem Worte hast du alle meine Aufwallungen versenkt. Ich kühn?

Ugolino. Was soll ich sagen? Erstaunen und Bewunderung! Aber wie konnt' er? Von dieser Höhe, sagst du? Es war unsinnig! Und doch scheint's mir edel! Nicht wahr, Anselmo, du halfst deinem Bruder?

Anselmo. Erst küsse mich, mein Vater, daß ich Herz fasse, dir's zu sagen.

Ugolino. Aber verschweige mir nichts.

Anselmo. Bei diesem Kuß! es war ein edler Sprung! Freilich! ich war dabei; ich behielt das Nachsehn. Zwar wenn ich neidisch wäre, so gäbe ich vor, der Sturm habe das Beste dabei getan. Es ist wahr, fast schien es, als ob der Wirbelwind die Turmspitze ganz seinetwegen so tief gegen die Erde neigte. Oder vielmehr, damit ich ihm nicht Unrecht tue, Francesco schien den Orkan, wie der Autor es von der Gelegenheit sagt, an der Stirn zu fassen und die Turmspitze hinter sich zu spornen und auf dem Rükken des Windes davonzureiten.

Gaddo. O Geschwätz!

Anselmo. Kurz, mein Vater, um dich nicht zu lange aufzuhalten, Francesco umarmte mich, und empfahl sich Gott –

Ugolino. Nach Art aller Unbesonnenen, die erst der Vorsehung trotzen, dann ihren Beistand auffordern.

Anselmo. Ein schwachdämmerndes Licht aus einem der nächsten Häuser half ihm die erste, dann die zweite, dann die letzte Zinne, dann den anstoßenden Giebel erreichen –

Gaddo. Dröhnt's mir doch bis in die Fußsohlen hinunter!

Anselmo. Und da ich ihn bald darauf ins Finstre verlor, klirrten Steine dreimal vom Dach. Ich wiederhol es, mein Vater, ich kenne keine lieblichere Melodie, als die mir diese drei Steine machten.

Gaddo. Sie klirrten! Ein gutes lebhaftes Wort das! Ich weiß kaum, ob ich's dem Rollen nicht vorziehe.

Ugolino. Wann geschah dies alles?

Anselmo. Gleich, da du ihm das Denken untersagtest.

Wer weiß, ist er nicht gar schon an der Turmtüre! O ich muß geschwind hinabgucken. *(Geht hurtig ab.)*

Ugolino *(indem er sich die Hände reibt).* Ein großer Schritt! Welch ein Jüngling! Hat der Brief an mein Weib gewirkt, und fangen den allzukühnen jungen Menschen die schleichenden Hunde nur nicht auf, so läßt sich was hoffen, Gherardesca! Ha! Ruggieri! zwei Tage lang ließest du diese Unschuldigen hungern! Ungeheur, das die Hölle von sich ausgespieen hat! Komm's über dein Haupt, Verruchter! Diese zwei Tage sollst du mit einer Ewigkeit büßen!

Gaddo. Küsse mich auch, mein Vater!

Ugolino *(ihn küssend).* Frisch, mein Gaddo! Du bist ein starker Knabe!

Gaddo. Kein Wunder! ich träumte einen so nahrhaften Traum! Ach! daß ich ihn wieder träumen könnte! Itzt hungert mich mehr als zuvor!

Anselmo *(keichend).* Sind sie noch nicht da? ich glaubte sie hier zu finden. *(Will wieder abgehen.)*

Ugolino. Was ist's?

Anselmo. Lang sah ich, mit langgestrecktem Halse, durch die Öffnung. Mir war! ich kann dir nicht sagen, mein Vater, wie mir war! Ich dachte, Francesco riefe mir, und ich müßte ihm nach. Da kam's mir plötzlich vor, als säh' ich den jungen *Antonio Cerrettieri* nebst vielen andern mit Äxten und Hebebäumen längs der Gasse heraufkommen, immer näher, immer näher. Da bückte ich mich mit halbem Leibe vorüber, sah aber immer weniger, immer weniger; und zuletzt sah ich gar nichts mehr. Da hofft' ich, sie wären im Turm, und glaubte, sie hier zu finden. Unten müssen sie doch schon sein. *(Will abgehen.)*

Ugolino. Wohin?

Anselmo. Gehst du mit, Gaddo? Wir müssen den jungen Antonio an der Tür empfangen.

Gaddo. Wäre nur die Menge von Stufen nicht! Überdem bin ich eben itzt einigermaßen kraftlos.

Ugolino. Bleibt hier, ihr Kinder. Ich will selbst gehn. *(Geht ab.)*

Anselmo *(hebt Gaddo in die Höhe).* Heida, Gaddo! ich bin trunken von übermäßiger Freude! Du auch?

Gaddo. Heida! Wenn ich nur erst zu essen hätte!

Anselmo. Es will nicht recht fort mit dir. Wie nun? Du hängst mir wie Blei am Arme!

Gaddo *(mit schwacher Stimme).* Heida! Mir wird sehr übel!

Anselmo. Soll ich dich hinlegen?

Gaddo. Tu es.

Anselmo. Du bist kränker, als du gestehn willst.

Gaddo. O mein Herz! *(Heftig.)* Mein Herz!

Ugolino *(tritt auf).* Du hast dich geirrt. Ich höre nichts als das Geheul der Winde und das Geklatsch des Regens.

Anselmo *(traurig).* Ach! warum mußt' ich mich irren! Sie werden doch nun bald kommen? Werden sie nicht, mein Vater? Sieh, Gaddo ist kränker.

Ugolino *(mit einem Seufzer).* Ich denke, mir ist nicht viel besser! *(Sieht schüchtern nach Gaddo hin.)* Anselmo, singe mir das Lied in die Laute, das deine Mutter dich jüngst an ihrem letzten Geburtstage lehrte.

Anselmo *(singt).*

Stillen Geists will ich dir flehen!
Weisheit, blick aus deinen Höhen,
Blicke sanft auf mich herab!
Leite mich im finstern Tale,
Quell des Lichts! mit deinem Strahle!
Sende mir dein Licht herab!

Um und um von Nacht umflossen,
Ach! von Schauern übergossen,
Wall ich bebend an mein Grab!
Leite mich im finstern Tale,
Quell des Lichts! mit deinem Strahle!
Blicke mild auf mich herab!

Ugolino. Ich danke dir, mein Sohn. Ich wollte dich bitten, es noch einmal zu singen: aber ich bin diesmal zu weich. Geht auf einige Augenblicke heraus, meine Kinder. *(Er weint heftig.)* Doch nein, bleibt. Diese Silbertropfen waren willkommen, ihr Geliebten. Es gibt Augenblicke, da die Natur in einer Art von tauber Fühllosigkeit hinsinkt: es ist nicht Erkrankung; es ist nicht Schmerz: sonst empfände sie; Beklemmung ist Traurigkeit, und ich wollte nicht, daß ihr mich für traurig hieltet. Schwere ist das Wort, ihr Kinder: ein mittler Zustand zwischen Freude ohne Namen, und – Ernst ohne Namen. Wie nun? Die Wolke ist noch einmal reif. *(Weint wieder.)* Weint nicht, ihr sanften mitfühlenden Herzen, weint nicht! Die Natur bedarf einer Erquickung. Weint nicht! Ich hoffe, dieser herabrollende Tau ist der Bote eines goldnen Morgens. Die Natur bedarf einer Erquickung. Sie scheint einen süßen Schlaf einzuladen; er ist mir willkommen.

Gaddo. Segne mich, mein Vater! Schon wird mir bänger.

Ugolino. Gott der Allmächtige segne dich! Gott der Allmächtige segne euch beide! Harrt nicht des Menschen Hülfe, ihr Lieben; vertraut Gott: sein heiliger Wille geschehe! *(Im Abgehen.)* Noch einmal, ihr Unschuldigen, vergebt mir! *(Geht ab.)*

Anselmo. Du schweigst, Gaddo?

Gaddo. Was kann ich sagen? Bete für mich. Ich entschlummre.

Anselmo. Ich will zur Turmspitze hinaufgehen, wo Francesco sich Gott empfohl, und da für dich beten! *(Küßt Gaddo und geht langsam ab.)*

DRITTER AUFZUG

Gaddo in einer Ecke des Zimmers schlafend. Einige Männer tragen zween Särge über das Theater, die sie Gaddo gegenüber hinstellen, daß nur der vorderste gesehn wird. Gaddo erwacht und betrachtet ihn mit vieler Aufmerksamkeit.

Gaddo. Dieser große Kasten sieht natürlich aus wie ein Totenkasten. Wenn ich den Kasten betrachte, richtet sich mein Haar ganz langsam in die Höhe; weh mir! und ein Fieber klappert in meinen Zähnen! Holla! spricht hier niemand als der kranke Gaddo? *(Es wird ein starkes Pochen im vordersten Sarge gehört.)* Ach, heilige Jungfrau! was ist das? *(Eine dumpfichte Stimme ruft Gaddo! Gaddo!)* Hilf mir! mein Vater! Mein Vater! Anselmo!

Ugolino *(ohne die Särge zu sehn)*. Was ist dir, Gaddo?

Gaddo. O mir! Die Gebeine haben sich geregt! rufen: Gaddo! Gaddo!

Anselmo *(im Hereinlaufen)*. Wartet, wartet, ihr Männer. Nehmt mich und Gaddo auch mit. Wir sind Francescos Brüder. *(Stößt auf den Sarg.)* Ah!

Ugolino *(sieht sich nach Anselmo um)*. Welch ein Traum ist dies? Ein Sarg? *(Pochen im Sarg. Ugolino tritt zurück.)* Nun, beim wunderbaren Gott! das ist seltsam! *(Die Stimme ruft Hülfe!)* Der Deckel dieses Sarges ist nicht befestigt. *(Er hebt den Deckel auf und fährt zurück.)* Ha! *(Francesco steigt heraus. Nachdem sie einander lange mit Erstaunen betrachtet haben, fällt Francesco seinem Vater zu Füßen.)*

Francesco. Der Blinde lehnte sich wider den Sehenden auf. Ich bin bestraft, mein Vater.

Ugolino. Ich erwartete nicht, dich so wiederzusehen. Wo bist du gewesen?

Francesco. Wollte Gott, ich dürfte nicht sagen, im Hause Gherardescas.

Ugolino. Du erfandst einen Sprung vom Turme; Ruggieri

eine neue Art, dich wieder herzubringen: wer unter euch beiden ist der sinnreichste, mich zu quälen?

Francesco. Dies ist so strenge – so erstaunlich strenge, mein Vater –

Ugolino. Du warst frei. Die Kühnheit deiner Unternehmung ließ mich hoffen, daß der Ausgang *weniger* schimpflich sein würde. In einen Sarg rafft man Gherardescas Erstgebornen; und er vergißt seiner Hände – Doch ich tue dir Unrecht, du brauchtest sie zum Pochen im Sarge.

Francesco. Ich erdulde deine Streiche ohne Murren.

Ugolino. Murren, Knabe? Wer bist du? Ha?

Francesco. Dein Sohn, mein Vater; ein zwanzigjähriger Jüngling; nie bisher von dir verachtet; und ich wage hinzuzusetzen, noch itzt deiner Verachtung nicht würdig.

Ugolino. Redseliger! Der Hülflose, der in diesem Kasten wimmerte, sollte bescheidner sprechen. Ich habe keine Geduld mit dir. Geh zurück, wo du hergekommen bist.

Francesco. Und bald! meine Sprache soll dich nicht lange beleidigen. Ah! kann Gherardesca ungerecht gegen seinen Francesco sein? Anselmo, er muß nicht wissen, wie ungerecht er ist.

Anselmo. Francesco, ich hatte alle meine besten Hoffnungen auf dich gesetzt, und du nennst unsern Vater ungerecht? Ach Gaddo! wir sind betrogen! wir sind betrogen! *(Ringt die Hände.)*

Gaddo. Gib mir Speise, Francesco, oder ich sterbe!

Anselmo. Speise her! Speise! Francesco! Ich bin standhaft gewesen, weil ich auf deine Zusage baute. Aber nun kann ich's nicht länger aushalten, Gott ist mein Zeuge!

Ugolino. Oh, es dringt tief in die Seele! Unglücklicher! was hast du gemacht!

Anselmo. Gaddo wird dich vor Gottes Richterstuhl verklagen, wenn du ihn hier verschmachten lässest.

Gaddo. Ach ich Verlaßner! soll ich denn Hungers sterben?

Francesco. Es ist grausam! oh, es ist grausam! Der Gott,

den ihr zum Zeugen wider euren Bruder anruft, er weiß es, daß ich unschuldig bin.

Anselmo. Was kümmert mich deine Unschuld? Solltest du zurückkommen, ohne einen Bissen Brot für deine hungernden Brüder mitzubringen, du?

Gaddo. Er weint, Anselmo. Vielleicht ist er unschuldig. Gott vergebe ihm, daß er uns betrogen hat!

Anselmo. Sprich wenigstens, teurer Francesco! sprich, daß der Turmwärter noch einmal, nur einmal! kommen wird! Du hast Empfindung, mein Bruder: ach, bei allen Heiligen im Himmel! sprich, daß du den Turmwärter zu deinen armen Brüdern hergewiesen hast!

Francesco. Nichts, nichts darf ich sagen! Wenn der große Erbarmer nicht einen Engel vom Himmel herabschickt, euch Speise zu bringen, ach so – so –

Ugolino. Daß ein Todesengel vom Himmel herabsteige, deine Zunge zu lähmen, der du meine fürchterlichen Ahndungen zur Wahrheit machst! Verstumme, verstumme auf ewig!

Francesco. Warum fluchst du mir, mein Vater? Was ich dir zu erzählen hatte, würde warme Tränen hervorlocken: darum verschwieg ich's; und stille sei mein Geheimnis wie das Grab.

Ugolino. Komm seitwärts. Was hattest du mir zu erzählen?

Francesco. Nichts.

Ugolino. Seit wann bin ich dir der Schwache, dem du sein Unglück verbergen müßtest?

Francesco. Du bist Mensch, Gemahl und Vater.

Ugolino. Ha! du hast deine Mutter gesehn? Hurtig! sie ist doch sicher?

Francesco. Ihr Friede ist unzerstörbar.

Ugolino. Das ist mehr als das Los einer Sterblichen. Sprich deutlicher. Deine weggewandte Augen, diese Glut auf deiner Stirne sind treuere Erzähler als deine Lippen. Du ängstigst mich.

Francesco. Frage mich nicht, Vater.

Ugolino. Keine Geheimnisse, junger Mensch!

Anselmo *(schreit erschrocken).*

Ugolino. Schon wieder? was nun, Anselmo?

Anselmo. Ach! Sieh! sieh! mein Vater!

Ugolino. Wo? was?

Anselmo. Wenn mich kein Gesicht täuscht, so steht hier noch ein Sarg.

Francesco. Anblick des Entsetzens! den Sarg kenn ich!

Ugolino *(tritt herzu).* Lebt's in diesem Sarge auch? *(Will den Deckel abschieben: Francesco hält ihm den Arm.)*

Francesco. Tu es nicht, mein bester, mein teurer Vater!

Ugolino. Nicht? nicht?

Francesco. Um Gottes willen! Ich will dir alles erzählen.

Ugolino *(reißt sich von ihm los und schiebt den Deckel ab).* Mein Weib! o Himmel und Erde!

Francesco. Warum zerschmetterte ich mir nicht das Gehirn? Warum zerstiebten die Sturmwinde den Spreu nicht? Warum ward ich geboren? *(Reißt sich die Haare aus.)*

Anselmo *(wirft sich bei Gaddo auf den Boden hin und verhüllt sich das Gesicht).*

Ugolino. Sie schweigt. Bleich ist ihr schöner Mund. Kalt der Schnee ihrer Brust.

Francesco. Kann ich's, muß ich's überleben?

Ugolino. Ach nein! nein! du bist nicht tot! Beim Himmel! ich will's nicht glauben! *(Er faßt Francesco vor die Brust.)* Verderben ergreife dich, du Todesbote! Warum ließest du mich nicht zweifelhaft? Warum brachtest du diese unseligste Gewißheit vor meine Augen? Warum kamst du, wie das Grab gerüstet, meine goldnen Träume zu verscheuchen?

Francesco. Dein Raub – und des Todes – zerreiße mich vollends.

Ugolino. Nicht einsam stand ich da und schaute von meinem Turme herab. Ich war stolz: denn ich hoffte. Ein lieblicher Betrug. Verderben ergreife dich, du Todesbote! *(Schüttelt ihn heftig.)*

Francesco. Vollende dein Werk; du hast mich dem Verderben gezeugt.

Ugolino *(zum Sarge gehend).* Und ist sie tot? O Gianetta! bist du tot? Tot? tot?

Francesco. Rede du zu unserm Vater, Anselmo. Rede zu ihm.

Ugolino. Was hier? Mein Bild an ihrem Herzen? Ach! sie war lauter Liebe und erhabne Gütigkeit! Sie vergab mir mit dem letzten stillen Seufzer ihres Busens. Es ist feucht, dies Bild; feucht von ihrem Sterbekuß. *(Er küßt das Bild.)* Und küßte meine Gianetta ihren Ugolino in der richterlichen Stunde? Wie freundlich war das! wie ganz Gianetta! Ihr Tod muß sanft gewesen sein, mein lieber Francesco.

Francesco. Ihr Tod war ein sanfter Tod.

Ugolino. Gott sei gelobt! Ihr Tod war ein sanfter Tod. Ich danke dir, Francesco. Sie küßte ihren Ugolino in der Stunde ihres sanften Todes. Aber sieh her, Francesco. Dies Bild gleicht deinem Vater nicht recht. Das Auge ist zu hell, die Backe zu rot und voll. Ihr seid die Abdrücke dieses Bildes; aber keine Wange unter diesen Wangen ist rot und voll. Ihr seid blaß und hohl, wie die Geister der Mitternachtstunde. Ihr gleicht diesem Ugolino, nicht dem. Ah! ich muß *hieher* sehen.

Francesco. Wir sind vergnügt, mein Vater, wenn du zu uns redest.

Ugolino. Daß sie mein Bild an ihrem Herzen trug; daß sie sich ihres Ugolino nicht schämte, mein Sohn, als sie vor ihre Schwester Engel hintrat; daß sie mit ihrem Sterbekusse meine Flecken abwusch: ach liebes Kind! wie erheitert mich das! wie gütig, wie herablassend war es! Aber sie hat mich immer geliebt. Kein pisanisches Mädchen hat zärter geliebt. Sie war die liebreichste ihres Geschlechts.

Francesco. Und hier diese diamantne Haarnadel, mein Vater, mit der sie nur an dem Jahresfeste ihrer Vermählung ihr duftendes Haar zu schmücken pflegte –

Ugolino. Es ist mein Angebinde. Geschmückt wie eine Braut entschlief meine Gianetta. Sie lud mich ein: hier liegt ein Brief an ihrem keuschen Busen. Nie ist ein Liebesbrief geschrieben worden wie dieser. Ha! es ist meine Hand! Der letzte Brief, den ich aus diesem elenden Aufenthalte an sie schrieb! *(Er will den Brief nehmen; Francesco springt zu und zerreißt ihn.)*

Francesco. Du mußt den Brief nicht sehn, mein Vater –

Ugolino. Den Brief?

Francesco. Er ist furchtbar wie der Tod! Die Natter hat ihn getränkt.

Ugolino. Mein Brief?

Francesco. Tod ist sein Hauch.

Ugolino. Mein Brief?

Francesco. Er fiel durch die Treulosigkeit des Turmwärters in Ruggieris Hände: du weißt genug.

Ugolino. Richter im Himmel! –

Francesco. Nie hat die Hölle einen giftigern Aspik an des Arno versengten Strand ausgeworfen, als der Gherardescas Worte zur Pest machte.

Ugolino. O ich erliege! Mein Brief?

Francesco. Sie trank die Züge deiner werten Hand in sich – ah Getäuschte! Sie drückte den geliebten, verräterischen, vergifteten Brief an ihr Herz –

Ugolino. Widerrufe, Francesco.

Francesco. Ungefürchtet wirkte die verborgne Natter fort: in jede Nerve, in jede kleinste Blutader, in jeden liebevollesten ihrer Blicke sandte Ruggieri seinen Tod, und mit dem trübentfliehenden Tage, früher als der Abend sich neigte, eilte ihr Geist zum Himmel auf.

Ugolino. Widerrufe, junger Mensch; widerrufe deine Verleumdungen. Mein Brief, sagst du? – Wehe mir! dem Gedanken erlieg ich!

Francesco. Ich habe dir noch zu wenig gesagt. Daß ein Blitz Gottes den Verruchten in den untersten Pfuhl der Vergiftung hinunterschleudre! hinunter! wo scheußliche Dünste siebenfachen Tod brüten; wo das Antlitz der Natur von Vulkanen und Pestilenzen versehrt ist! daß sein Leib verdorre wie eine Otterhaut, und eine Gewissensangst nach der andern seine Seel' ergreife! Ach mein Vater! mein Vater! *(Er umfaßt seines Vaters Knie ängstlich.)*

Ugolino. Ich errate. Deine starren Blicke in wilder Verwirrung, dein straubichtes Haar, deine schlotternden Kniee, die aschgraue Verzweiflung deines Angesichts, jeder Ton, jede Bewegung lehrt mich, daß noch eine Nachricht ist, vor der die Menschlichkeit zurückbebt. Verbirg sie, mein Sohn, verbirg sie diesen Schwachen. Und du, Francesco, sei standhaft.

Francesco. Mein Kelch ist geleert. Wie glücklich, wenn deine und meiner Brüder Leiden mir in die Grube folgten! Könnt' ich sie mit dir teilen, mein Vater, so wär' ich beneidenswürdig!

Ugolino. Du bist ein edler Jüngling. Vergib mir, ich kannte deinen Wert nie bis itzt.

Anselmo *(greift Gaddo wild an).* Wir sind betrogen!

Gaddo. Ist's denn meine Schuld?

Ugolino. Dieser Knabe ist heftig wie ein Mann.

(Anselmo geht ab.)

Rede, Francesco. Komm her. Erst laß uns diesen Sarg verschließen. Ruhe wohl, heiliger Staub, bald will ich deiner würdiger sein. Genug. Nun rede.

Francesco. Ah, Gherardesca! Du hast der Schritte noch viele bis ans Ziel! und schwere!

Ugolino. Gherardesca soll sie tun. Sei nicht traurig. Wie weiter?

Francesco. Was kann ich? was darf ich sagen?

Ugolino. Ist das Todesurteil über dich und deine Brüder gesprochen?

Francesco. Du wirst fallen, wie der Stamm einer Eiche, alle deine Äste um dich her gebreitet.

Ugolino. Ist es über dich und deine Brüder gesprochen?

Francesco. Gesprochen über alle! Vollzogen an mir!

Ugolino. Wie meinst du das?

Francesco. Ich bin zu glücklich. Ich habe meinen Kelch geleert.

Ugolino. Man hat dir einen Giftbecher gereicht?

Francesco. Ich habe ihn geleert.

Ugolino *(mit starken Schritten auf und ab gehend)*. Es gibt mancherlei Todesarten, mein Sohn. Kein Geschöpf ist sinnreicher, Todesarten zu erfinden, als der Mensch. Ich will dir nur eine nennen. Der Erzfeind hätte seine Freude daran finden können, mir ein Glied nach dem andern absägen zu lassen, erst die Gelenke an den Zehen, dann die Füße, dann die Beine, dann die Schenkel; so stünde ich Torso da: und nun setzte man mir das zackichte Eisen an die Finger, die Hände, die Arme, eins nach dem andern, mit Ruhezeiten, daß der Zeitvertreib nicht zu kurz dauerte; ganz zuletzt zerstieße man mir, nicht aus Mitleid! das wunde Herz, bis ich in meinem Blute erläge, das mit viel Schweiß herabränne, aber nicht mit Tränen! Wie könnt' ich weinen? Man sollte denken, dieser Tod sei schon unterhaltend genug: allein der Erzfeind hat's besser überlegt. Hier würde ich an meinem eignen Fleische leiden: eine Kleinigkeit! Ich soll in meinen Kindern langsam sterben, eine volle Weide an eurer Marter nehmen und dann fallen! Mein Weib mußte erst fallen, durch die Worte meiner Liebe fallen, in diesem Sarge hergeschickt werden, du ihr Vorläufer, dem Tode geopfert, aber später zum Grabe reif! O es ist der Hölle so würdig! Doch ich will nicht murren! Aber warum mußten diese Unschuldigen leiden? Warum du? warum mein Weib? warum durch den großen Verführer? womit hatt' ich ihn beleidigt? Pisa konnte mich strafen, um Pisa hatt' ich's verdient: aber womit um ihn? Ich hielt ihn für meinen

Freund; ich hätt' ihn lieben können; allein sein teuflisches Herz enthüllte sich mir zu bald. O schändliche Eifersucht über einen dreimal schändlichern Gegenstand! Fürchtete er, daß ich Ruggieri sein könnte, wenn ich Ruggieris Macht hätte? Heimtückischer, zähneblöckender Neid! Erstgeborner der Hölle! und Erstgefallner! Aber warum mußt' ich durch den großen Neider fallen? warum er nicht? warum reichte die Vorsehung ihm, unter allen Verworfensten der Schöpfung nur ihm – nur ihm – nur ihm – o es verwundet jeden Gedanken meiner Seele! – warum nur ihm ihre Geißel?

Francesco. Um das Maß seiner Verdammnis ganz voll zu füllen.

Ugolino. Ist es denn wahr, himmlischer Vater! Doch nein! nein! ich will nicht murren! Rechtfertige du die Wege der Vorsicht.

Francesco. Innerhalb einer Stunde hoff' ich's zu können.

Ugolino. Innerhalb einer Stunde! Glücklicher Francesco! Ich sollte mich dieser Stunde freuen. Wie konnte Ruggieri den menschlichen Gedanken fassen, deinen Tod zu beschleunigen? Es ist wundervoll, ich gesteh es.

Francesco. Bist du stark genug, meine traurige Erzählung zu hören?

Ugolino. Ich glaube, daß ich sie hören kann.

Francesco. Im Taumel meiner Wonne, Pisas Pflaster noch einmal zu betreten, floh ich augenblicklich dem Palaste meiner Mutter zu. Alle Wände hallten von der Wehklage ihrer Frauen. Ich blieb nicht lange im Zweifel. Blind vom Schrecken stürzte ich vor der Schwelle nieder. Als ich erwachte, sah ich das Zimmer voll hagerer, hohnblickender Gesichter, Ruggieri war nicht unter ihnen. Ich wollt' entspringen, da ich mich umringt sah: allein ich war von ihren Riechwassern, wie sie sie nannten, schwindlicht und krank. Man riß mir die Kleider auf; man bot mir einen Becher mit kühlem Getränke dar; ich trank; meine Geister waren verwirrt. Neue Ohnmachten überfielen mich, und da ich endlich die Augen öffnete, herrschte stille Nacht um mich her, ich fühlte mich schweben, in einem engen Raume und atmete schwerer: wo ich aber war, konnt' ich nicht erkennen. Lange vernahm ich nur ein undeutliches Geräusch in meinen Ohren: zuletzt eine Stimme. O diese Stimme! Noch zittre ich. Sie hatte mich versteinert, daß ich den Gebrauch meiner Sinne verlor, bis ich wie im Traume Gaddo reden hörte.

Ugolino. Was sagte diese Stimme?

Francesco. Verlange nicht, es zu erfahren.

Ugolino. Da ich das Ärgste weiß?

Francesco. Wahr ist's. „Ich erwarte euch hier unten", zischelte sie. „Ich will den Turmschlüssel selbst in den Arno werfen. Was droben ist, gehört der Verwesung: kein lebendiger Mensch soll diese Stufen nach uns betreten. Es müssen noch Schlupfwinkel im Turm sein", sprach sie lauter; „verwahrt sie: *denn der Turm ist von dieser Stund an verflucht! ein Gebeinhaus!*" –

Ugolino. Und verflucht die Stimme, die diese Unmenschlichkeit aussprach! O Pisa! Schandfleck der Erde! geschieht das in deinen Mauren? Ich will der unerhörten Bosheit itzt nicht weiter nachsinnen. Es könnte die Weisheit selbst wahnsinnig machen. *(Geht gedankenvoll.)* Sollen meine armen Kinder zu meinen Füßen verhungern? Verhungern? Hast du jemals dies greuliche Wort: Verhungern! recht überdacht, Francesco?

Francesco. Sprich es nicht aus, mein Vater!

Ugolino. Selbst Verhungern zu milde! Verhungern sehn! Meine Kinder verhungern sehn! Und dann verhungern! Das ist das große Gericht! Und bin ich! ich Gherardesca! ich der Sieger! ich, der ich einen Fürsten zu ehren schien, wenn ich ihn meiner Rechten an meiner Tafel würdigte! bin ich bestimmt den Tod des Hungers zu sterben? Doch stille! Ich will, ich will des Schändlichsten, o dieses Schändlichsten Freveltücke nicht nachsinnen! Aber ach! wie bedaure ich dich, mein Francesco!

Francesco. Mich?

Ugolino. Dich. Hast du mir alles erzählt?

Francesco. Alles, alles.

Ugolino. Keinen kleinsten Umstand verschwiegen?

Francesco. Keinen. Verlaß dich drauf.

Ugolino. Überlege es wohl.

Francesco. Keinen, keinen, mein Vater; nicht den mindesten.

Ugolino. So bedaure ich dich! Bei allem, was heilig ist, ich bedaure dich!

Francesco. Du setzest mich in Verwundrung.

Ugolino. Was für Grund hattest du, zu hoffen, daß der Becher, den man dir reichte, ein Giftbecher sei?

Francesco. Er kam von Ruggieri. Was konnt' er sonst sein?

Ugolino. Siehst du? Du trautest Ruggieri Menschlichkeit und Gefühl zu. Nein, nein, mein Sohn, es war ein Erquicktrank; ich kenn ihn besser.

Francesco. Ha! wenn dem so wäre! ich dürfte mit meinem Vater ganz ausdulden! gewürdigt sein, ihn zu trösten und zu ermuntern! die Stütze seines reifern Elends! der Teilnehmer seiner Leiden! Ach ich wäre beneidenswürdig! Ich kann's nicht glauben!

Ugolino. Francesco, was du mir itzt sagst, ist der empfindlichste Vorwurf, den mir je ein Sterblicher gemacht hat.

Francesco. Ich zittre.

Ugolino. Wie sehr hab ich dich verkannt! Dein Herz ist ein erhabnes Herz, Francesco! Ich bewundre dich. Ich betrachte dich mit Entzücken.

Francesco. Nur dein Herz ist erhaben, mein Vater. Ich bin eigennützig. Doch wage ich nicht, es zu hoffen. Mein Leben neigt sich; ich fühl es zu sehr.

Ugolino. Überreste deiner Ohnmacht – Du warst in einen Sarg gepreßt.

Francesco. Gesegnet, gesegnet seist du mir, bester Vater! Du machst mich noch einmal glücklich!

Ugolino. Laß uns diese Unterredung abbrechen, du große Seele; sie rührt mich zu sehr.

Francesco. Wollen wir jenen Sarg nicht entfernen, der itzt meine Augen nur ärgert? Ich hoff ihn noch lange nicht zu bewohnen.

Ugolino. Ich bin's zufrieden. *(Sie tragen Francescos Sarg ab.)*

VIERTER AUFZUG

Ugolino. Bin ich endlich allein? *(Er schiebt den Sargdeckel ab.)* Hier war ich König! Hier war ich Freund und Vater! Hier war ich angebetet! Ich heischte mehr. Ich wollte Sklaven im Staub meines Fußtritts sehen; und so verlor ich alles, was das parteiische Verhängnis mir geben konnte. Wenn ich mir itzt das goldne Gepränge, die Tropäen, den Stolz meiner kriegerischen Tage zurückerkaufen könnte, ach mit Entzücken gäb' ich sie alle, die geprahlten Nichtswürdigkeiten, um *ein* dankbares Lächeln ihrer errötenden Wangen, um *einen* belohnenden Blick ihrer Augen, um *einen* Ton ihrer Lippen, um *einen* Seufzer der Freude aus ihrer Brust. Ach Ugolino, du warst glücklich! Kein Sterblicher war glücklicher! Und du hättest glücklich vollenden können! Da sitzt der Stachel! Ich bin der Mörder meiner Gianetta! Wider mich hebt sie ihr bleiches Antlitz zum Himmel! Auf ihren Ugolino ruft ihr unwilliger Schatten den Richter herab! Liebenswürdiger Geist! liebenswürdig in deinem Unmut! Ist dein Antlitz ganz ernst? Ah! dein Antlitz ist ernst! Einst hab ich dich gesehn, meine Gianetta; liebevoll und schüchtern sankst du in meine Arme. Ruggieri Ubaldini trat heran; das Gewand des Heuchlers rauschte lauter; sein bleifarbichtes wässerichtes Angesicht tobte vom Sturm seiner Seele; er wälzte seine adrichten Augen weit hervor; Tücke und Verderben lauschten nicht mehr im Schleier der Nacht! Du aber lagst furchtsam atmend an meinem Halse. Da erhob sich mein Herz! Da erkannte Ruggieri noch einmal Gherardesca, den Mann! Da waren deine Blicke mild wie der Morgentau; und deine süßen Lippen, deine Nektarlippen, deine Wonnelippen *(er küßt sie)* nannten Pisas Befreier deinen Erretter! Nun bin ich gebeugt, meine Liebe! Mein Haar ist nun grau, und mein Bart ist fürchterlich wie eines Gefangnen. Doch der große Morgen wird ja kommen! schrecklich, dunkelrot und schwül von Gewittern wird er ja kommen! In seinem schwarzen Strahle will ich erlöschen! In seiner gebärenden Wolke soll wie Feuer vom Himmel mein Geist über Pisa stehn! Dann erzittre *ein* Elender! aber nur *einer.* Feuer und Rache! ist meine Gianetta gefallen! *(Steht tiefsinnig.)* Mit Gift hingerichtet haben sie meine Gianetta? Gift sogen sie aus den Worten meiner Liebe? ah! aus den Worten meiner Liebe? Einsame Erde! ich traure! Was? mit Gift hingerichtet haben sie meine Gianetta? *(Geht stillschweigend.)* Gern möcht' ich die Stimme des Abgrundes vergessen! o daß ich sie nie gehört hätte! Ein Gebeinhaus der Verhungernden! Ein Gebeinhaus der Verhungernden! Denn der Turm ist von dieser Stund an verflucht! ein Gebeinhaus der Verhungernden! Ha! wie er wütet, der Gedanke! wie er sich in mir umkehrt! Ich kann ihn nicht ausdenken! und mag nicht! O pfui! pfui! Brandmal für die Menschlichkeit! ewiges Brandmal! Ich kann mich deiner nicht erwehren; du Wohnhaus des Schreckens! nicht mehr Kerker meiner Erniedrigung! Gruft! Gruft der Gebeine Gherardescas! Gruft meiner Auferstehung! aber erst meiner Verwesung! ah! nicht nur meiner! Fürchterlich! hier hinsinken! hier mit dem Tode ringen! einsam! von keiner freundschaftlichen Hand unterstützt! ganz einsam, mein Weib, meine Kinder rings um mich gesammelt! dennoch ganz einsam! jeder Sinn voll ihrer Verwesung! fürchterlicher als einsam! Tod, wie keiner dich starb, o du bist fürchterlich! Ich will nicht, ich will dich nicht denken! *(Er sieht Gaddo.)* Doch zwingt mich dieser Anblick. Ach daß ich Vater und Mensch sein muß! Steh auf, armer Gaddo! Du antwortest nicht?

Gaddo. Ich bin gelähmt.

Ugolino. Aha, war das die Ursache?

Gaddo. Hilf mir, mein Vater!

Ugolino. So!

Gaddo. Lächle, trauter Vater, und hilf deinem Gaddo!

Ugolino. So!

Gaddo. Gott segne dich!

Ugolino *(hebt ihn auf seinen Schoß)*. Wo schmerzt es dich, mein Gaddo? Sage mir's, armes Kind.

Gaddo *(ihn sehr beweglich ansehend)*. Du wirst mich nicht Hungers sterben lassen, mein Vater!

Ugolino. Wo sitzt deine Krankheit?

Gaddo. Im Herzen, im Magen, im Kopf: ich kann's dir nicht sagen. O mich ekelt!

Ugolino. Ich habe dich nicht schreien gehört.

Gaddo. Oh! der Hirnschädel wäre mir geborsten.

Ugolino. Deine Augen sind blau und geschwollen.

Gaddo. Sie wollen nicht weinen!

Ugolino. Gewiß, gewiß, es ist sehr bitter!

Gaddo. Liebt meine Mutter mich noch?

Ugolino. Sie liebt dich immer: wir lieben dich beide.

Gaddo. Hah! wenn dem so wäre! Es ist unglaublich.

Ugolino. Warum unglaublich, mein Gaddo? Sprich! Ich bin dein liebender Vater.

Gaddo. Sie hat mich an ihrem Busen genährt; itzt läßt sie mich verschmachten. Doch sie kann mich verschmachten lassen und doch lieben: denn du liebst mich, mein Vater; sagtest du nicht so?

Ugolino *(küßt seine Augen)*. Habe Mitleid, Strafenengel! o schone!

Gaddo *(seufzt)*. Ach!

Ugolino. O nein! nein! lieber rede! daß Gott im Himmel dich höre! rede; strafe deinen Vater; girre nach deiner Mutter, Verlorner! Ärmster! nur laß mich dich süßes Kind nie wieder seufzen hören!

Francesco *(eilig)*. Es müssen Leute im Turm sein: ich hörte Fußtritte.

Ugolino *(bestürzt)*. Wie? Was? *(Legt Gaddo hin.)*

Anselmo *(langsam)*. Du wolltest vermutlich die Männer im Turm sehen. Es sind dieselben, die ich vorher bat, mich und Gaddo mitzunehmen: Männer ohne Herz. Sie schlichen fort, da sie mich wahrnahmen, als fürchteten sie mich. Sie sind nicht mehr da.

Francesco. Horch! horch!

Anselmo. Auch die Öffnung ist nicht mehr. St! St!

Francesco *(erblaßt)*. Die Turmtüre! Ha!

(Man hört sie stark zuschlagen.)

Anselmo. Sie wird verschlossen. *(Ein sehr langes und schreckenvolles Stillschweigen: worauf Anselmo seinen Bruder leise anstößt.)* Du siehst den Geist an der Mauer, Francesco! Nein, sieh nicht dort hin; sieh unsern Vater. Erstarrt? Versteinert? Bleich war das Antlitz unsers Vaters; aber sieh, Francesco, itzt ist's schrecklich. Weh mir! ihm ins rote, ins unbewegliche Auge zu sehn, schaudert mich! Ach mein Vater! *(Küßt seine Hand.)* Und auch du, Francesco? Du schweigst? seufzest? auch du, Francesco? und schluchzest? Mein Vater *(küßt seine Hand noch einmal, sieht auf und erschrickt)*. Auf dich wirft er einen schnellzurückgezognen Blick, und auf mich, und auf Gaddo! Blut strömt vom gewaltigen Biß seiner Lippen! Seine Gesichtsmuskeln stehn aufwärts gedrängt und starr! Mein Vater *(wirft sich ihm zu Füßen)*.

Francesco. Sei ruhig, Anselmo, ich bitte dich! *(Er richtet ihn auf.)*

Anselmo *(mit Heftigkeit)*. Mein Vater! mein Vater! *(Ugolino geht ab.)* Mein Vater *(mit den Füßen stampfend)*. Mein Vater! *(Ängstlich schreiend.)*

Francesco. Was ängstigt dich, mein Anselmo? Was schreckt dich, Lieber? ach! laß unsern Vater nichts von dieser Heftigkeit sehn! sei gelassen! sei ruhig!

Anselmo. Gut, Mann! entferne dich nur! aber schnell! schnell aus meinen Augen! wenn dein Leben dir lieb ist, Mann!

Francesco. Ich darf ihn itzt nicht verlassen, nein. Und mein Vater! o ewige Vorsicht!

Anselmo. Ich irrte mich. Dieser da ist keiner von ihnen. *(Sieht sich furchtsam nach allen Seiten um.)* Ach! *(Indem er die Hände ringt.)* Nun ist es gewiß. Weggeführt haben die Priestersklaven das Opfer! und die Reihe wird an mich kommen: aber desto besser.

Francesco. Gib dich zufrieden, Anselmo. Kennst du mich nicht?

Anselmo. Dich? *(Mißt ihn mit den Augen.)*

Francesco. Kennst du mich?

Anselmo. Ha! ha! ha! Wie sollt ich dich nicht kennen. Du bist ja *er*, der aus dem Abgrund heraufkam. Ich sah dich aus deiner Grotte steigen: eine Grotte, wie ich mir keine wünsche, schmal und eckicht. Hatte sie keinen giftigen Einwohner als dich?

Francesco. Er redet vom Sarge, und seine Geister scheinen sich zu sammeln. Beruhige dich, Anselmo; ich bin dein Bruder Francesco, und ich lebe.

Anselmo. Wohl dir, daß du lebst! Draußen, ach weh! drohn die Gefahren! man kann dir nicht Schuld geben, daß du ihnen nicht Zeit genug ausgewichen seist. Willkommen, Turmspringer! Sicherheit ist die Blume des Lebens.

Francesco. Ich vergebe dir den Spott. Turmspringer nennst du mich? Wollte Gott, ich hätte den unseligen Sprung nicht gewagt! Alles wäre gut gewesen! Keins unter euch hätte viel gehofft noch viel gefürchtet! Wie wund muß euer Gefühl sein! Wie sehr vergrößert sich meine Übereilung! Vergib mir, mein Bruder, o vergib mir! die Absicht war nicht unedel.

Gaddo *(ruft).* Francesco!

Anselmo. Gut! sei gerichtet nach deinen Taten! *(Er geht auf und ab, bald schnell, bald langsam.)*

Gaddo. Francesco!

Francesco. Was verlangt mein Gaddo?

Gaddo. Sei mein Fürsprecher, Francesco. Ich bin dir auch gut.

Francesco. Bei wem, du geliebter Gaddo? Sprich.

Gaddo. Bin ich dein geliebter Gaddo? Ich frage nicht umsonst!

Francesco. Ja! Gott weiß es!

Gaddo. Ach! Jedermann liebt mich, und ich liebe jedermann, und doch hilft mir keiner. Hilf du mir, geliebter Francesco. Vertritt mich bei Anselmo; du giltst viel bei ihm.

Francesco. Worin, Gaddo, worin soll ich dich vertreten?

Gaddo. Erst bitt ich dich, mir eine Zechine zu leihen.

Francesco. Eine Zechine? wozu die?

Gaddo. Ich habe viele Zechinen unter meinen Sparpfennigen: sie sollen alle dein sein. Ich bitte dich nur um *eine.*

Francesco. Hier hast du sie, Gaddo.

Gaddo. Nimm diese Zechine, und überrede Anselmchen, daß er mir ein einziges Ei aus den vielen Nestern gebe, die er mir kurz vorher schenken wollte: sollt's auch nur so viel sein als ein Hänflingei.

Francesco. Du sprichst mir Rätsel.

Gaddo. Ich will die Auerhähne gerne entbehren, die uns dein Sprung vom Turme verschafft hat: itzt brauche ich nur ein einziges Hänflingei. Tu es Francesco, aber bitte ihn höflich, daß er dir's nicht abschlage.

Francesco. Schöne Folgen des Sprungs vom Turme! Ich war nicht allein ein Tor; ich war auch ungehorsam: allein, o Himmel! die Strafe ist hart! Vergib auch du mir, mein Gaddo! Und doch mit welcher Stirne kann ich's wünschen?

Gaddo. Ein Ei würde mich retten! Ein Hänflingei! Bedenke, Francesco! Kannst du mir ein Hänflingei versagen? O lieber Gott! Gib mir die Zechine zurück: ich will Anselmo selbst bitten. Ich wollt' ihm zu Füßen fallen, wenn ich könnte: allein ich kann mich nicht regen. *(Francesco gibt ihm die Zechine und geht mit aufgehobnen Augen ab.)* Anselmo! großmütiger Anselmo! mein Bruder!

Anselmo *(auffahrend).* So ist's recht! Laßt die Hörner tönen am hallenden Fels!

Gaddo *(sanftbittend).* Anselmo! mein Bruder Anselmo!

Anselmo *(rauh).* Wer ruft? Hei! wer ruft denn da? wer ruft? wer ruft?

Gaddo *(erschrocken).* Ich wenigstens bin hier der Rufende nicht!

Anselmo. Du da auf dem Stroh, ich habe zu tun!

Gaddo *(streckt die Hände aus und legt sich seitwärts).*

Anselmo. Hinweg! *(Er pfeift.)* Hinweg! in meinem Kopf sollst du mir nicht spinnen! *(Pfeift wieder.)* Hinweg, ich verbanne dich auf ewig aus meinem Kopf! *(Macht eine Bewegung mit der Hand.)* Nun, wie steht's, ihr im silbernen Gewande, unsterbliche Töchter des hohen Oceanus! haben wir das Wild? Mit diesen Nägeln will ich's zerreißen; mit diesem Gebiß will ich's zermalmen; so, so, so will ich das Wonneblut trinken! Schnaubend stürzt der Tiger vom Abhang; sie haben ihm seinen Raub entwandt; springt zischend hoch auf, wittert in den Wind, zerstiebt mit langgestreckter Klaue den Fußtritt des Schnellen im glutroten Sand, Grimm knirscht in seinen Zähnen, Hunger sprüht heiß im Aug': umsonst, Tiger, am Bart des Jägers glänzt's! Ich will mich an diesen Abhang setzen. Durch diese Felsritze kann ich die Tigerkatzen über mir, und von dieser Höhe die Marder unter mir spähen. So will ich euch den Fang ablauschen, ihr Räuber! Meine Hühnchen nisteten am Sumpf, wo der Marder mit gesenkten Ohren hinabschleicht. Weg sind sie! Stoßt ins Horn, Müßige! stoßt ins Horn! stoßt ins Horn! *(Singt.)*

Der muntre Jagdzug schwebet
In blauer Luft!
Roß, Hund und Jäger drängt sich
Daher, dem Himmel nah!

Hab ich den Dieb? Langöhrichter! laß deine Stimme hören! *(Er billt.)* Ho! ho! ho! Dieb, siehst du den Pudel nicht?

Gaddo. Was ist das?

Anselmo. Sei gegrüßt, Endymion. Wir haben gute Weile. Kannst du einen Wettgesang singen?

Gaddo. Ich singe wenig, Anselmo.

Anselmo. Was schadet's? Wir wollen einen Wettgesang singen.

Gaddo. Ich kann kaum reden, Anselmo; und sollte singen?

Anselmo. Singe, Träger, oder bei jenem hinhangenden Monde! ich zerstoße dich mit dem Felsbruche!

Gaddo. Wie, Anselmo, du weißt, daß ich nicht singen kann.

Anselmo. Singe!

Gaddo. Ich singen?

Anselmo. Singe!

Gaddo. Ich, der ich weinen möchte, wenn ich könnte?

Anselmo. Singe weinend! Singe!

Gaddo. Nun denn, Anselmo, ich will singen: aber mein Hals ist roh und heiser. Schenke mir, wenn ich bitten darf, ein kleines Hänflingei oder ein Zeisigei, wie es dir am nächsten zur Hand ist, um meine Stimme zu bereiten.

Anselmo *(beiseite)*. Was gilt's, dies ist der Marder, der mir die Eier austrinkt! Durch seine Larve hindurch erkenn ich den tückischen Heuchler! Er ist's! bei meinem Leben! Ich will ihn ausfragen.

Gaddo. Aber schenke mir's bald, Lieber: meine Stimm' ist vertrocknet.

Anselmo. Gut! gut! du möchtest also ein Hänflingei haben?

Gaddo. Ich will's nicht leugnen.

Anselmo. Oder ein Zeisigei?

Gaddo. Ach ja!

Anselmo. Hem! wäre dir nicht mit einem Hühnerei gedient?

Gaddo. Das wäre zu viele Güte.

Anselmo. Ei ja, nimm ein Hühnerei.

Gaddo. Ich danke.

Anselmo. Es ist ein frisches Ei, eins von den besten, die ich in meinem Stall habe. He?

Gaddo. Weil es von deiner Hand kömmt, will ich's nicht ausschlagen.

Anselmo. Ich dacht' es. *(Faßt ihn an die Kehle.)* Räuber, bekenne mir, wie lange hast du diesen heillosen Frevel verübt?

Gaddo. O mir!

Anselmo. Wie viele Eier hast du mir ausgetrunken? Sieh, dein Leben ist in meiner Hand. Bekenne, wieviel?

Gaddo. Ah! du wirst mich nicht umbringen, Anselmo?

Anselmo. Ich, Marder! ich! ich! umbringen, Marder! dich, Marder! gib acht, Marder!

Gaddo. Hülfe! Hülfe!

Francesco *(springt zu und befreit Gaddo).* Entsetzlich! Anselmo schlägt seinen Bruder Gaddo?

Gaddo. Ah! ah!

Francesco. Seinen kranken, gelähmten, verschmachtenden Bruder schlägt Anselmo?

Anselmo *(gibt Francesco unvermutet einen Stoß, um sich loszureißen).*

Gaddo. Halt ihn! ach halt ihn!

Francesco. Eine eiserne Hand!

Gaddo. Nach mir sieht er hin. Trauter Francesco, halt ihn!

Francesco. Ein Luchs blickt nicht wilder. Der Apfel quer, flammicht der Stern. Und es ist Tücke darin. Wie kann Tücke in ein Auge kommen, wo das Herz so gut, so brüderlich gut ist? O mein Anselmo! Er schweigt hartnäckicht.

Gaddo. Ich aber sollte singen!

Francesco. Unser Vater wird gleich hier sein. Er muß dich nicht sehn. Ich beschwöre dich, Anselmo, laß mich dich entfernen, daß unser Vater dich itzt nicht sehe. Es würd' ihn töten.

Gaddo. Schone seiner, Francesco. Ein Marder hat ihn wider mich aufgebracht; ich weiß selbst nicht, wie. Ah! nun schaut er schon wieder um sich!

Francesco. Er erschrickt. Es dämmert in seinem Auge. O Anselmo! wo bist du gewesen, Anselmo?

Gaddo. Das ging ihm ans Herz!

Francesco. Eine mildere Röte umzieht seinen Blick. Seine Wangen glühn. Er schmilzt, er schmilzt wirklich. Fürchte dich nicht, mein Bruder Anselmo. Sein Auge weinet. Gottlob! da stürzt die Träne! da stürzt die Träne!

Anselmo. Ach Heerscharen des Himmels! Welcher Segenvolleste unter euch stellt sich zwischen mein Herz und die umspannende Kralle?

Francesco. Erbärmlicher Anblick!

Anselmo. Läuft die Natur im Kreise vor mir herum? Wohin, mein Bruder?

Francesco. Dir schwindelt, armer Anselmo. Es ist alles unbeweglich um dich her. Unser Vater kömmt. Um Gottes willen, teuerster Anselmo, mäßige dich itzt, da unser Vater kömmt!

Anselmo. Wie könnt' er kommen? Er lebt ja nicht mehr!

Ugolino *(sehr freundlich)*. Ihr guten Kinder!

Anselmo *(fällt ihm um den Hals und schluchzt)*.

Ugolino *(ihn küssend)*. So lieb ich euch, meine Kinder. Euch in dieser reizenden Vertraulichkeit beisammen sehn ist Erquickung zum Leben! Warum stutzt mein Anselmo? betrachtet mich so aufmerksam?

Francesco. Das Vergnügen, mein Vater, dich so heiter zu finden –

Ugolino. Wir wollen recht heiter sein, meine Kinder. Es ist eine heitre Stunde. *(Er nimmt einen Stuhl und setzt sich.)* Setze dich neben mich, Francesco, und du, Anselmo. Will Gaddo auf seines Vaters Schoß sitzen?

Gaddo. Ob ich will? *(Bewegt sich, um hinzukommen.)*

Francesco *(bringt ihn seinem Vater).*

Ugolino. Wir haben viel fröhliche Tage gelebt, meine Söhne. Wollen wir nachrechnen? Es wird uns schwerfallen, sie alle zusammenzurechnen.

Francesco. Das war ein schöner, fröhlicher Tag, da Anselmo geboren ward. Ich erinnere mich's recht genau. Ich war damals sieben Jahre alt.

Ugolino. Ein schöner Tag; du hast recht, Francesco. Ganz Pisa nahm daran teil. Die Freudenfeier und die festlichen Tänze dauerten drei Tage und darüber.

Gaddo. Da wird was Rechts geschmaust sein, mein Vater! War ich auch dabei?

Francesco. Du warst noch nicht geboren, Gaddo.

Gaddo. Schade!

Ugolino. Wie so still, Anselmo?

Anselmo *(nachdem er ihn starr angesehn hat).* So bist du's denn wirklich? Nun *(blickt zum Himmel)* ich danke dir!

Francesco. Anselmo wähnte, daß dir nicht wohl sei. Auch das war ein schöner Tag, mein Vater, da die Mütter, Jungfrauen und Jünglinge dir nach dem großen Siege vor die Stadt entgegenkamen.

Ugolino. Ganz recht. Ihr Zuruf im Klange der Klappererze und Trompeten machte mir warm. Aber ich wollte, daß ihr mir auch einige von euren fröhlichen Tagen herrechnetet.

Anselmo. War das nicht ein schöner und ein fröhlicher Tag, ihr Brüder, da mich Ruggieri meinem Vater nachschickte? und –

Francesco. Und da wir auf dem goldnen Kahne unsrer Mutter entgegensegelten, als die dankbaren Pisaner sie im Triumphe den Arno hinaufführten bis zur Villa Gherardesca.

Ugolino. Du warst auch zugegen, Gaddo: was sagst du dazu?

Gaddo. Mir wird ganz trübe vor den Augen!

Ugolino. Genug, meine Kinder; wir haben alle viel fröhliche Tage gelebt. Zu bedauern ist's, daß dies Leben nicht immer fortwährt. Man ist auf der Welt so glücklich.

Gaddo *(seufzend)*. Ach ja! das Leben ist so was Süßes!

Francesco. Das dächt' ich nicht, mein Vater. Wenn man beim Tausch verlöre, da ließ ich's gelten. So aber gewinnt man ja in jeder Absicht.

Ugolino. Du hast's getroffen, Francesco. Das menschliche Leben ist zwar sehr glücklich; aber das höhere Leben nach dem Tode ist doch viel glücklicher: es hat keine Abwandlungen, es ist ein höheres Leben. Ach! von Vaterhuld floß das Herz unsers Schöpfers, da er Menschen schuf. Er setzte sie in einen irdischen Garten und bereitete ihnen den Übergang in einen Garten des Himmels.

Francesco. Mir fällt dabei das Sterbelied unsers Schutzheiligen, Sankt Stephans, ein, wie ich's einmal von einer sehr angenehmen Stimme gehört habe.

Ugolino. Sing es.

Francesco *(singt)*.

> Ich soll den Lichtquell trinken
> Am himmlischen Gestad'!
> Ach! wo das Lied der Sterne strömt,
> Am himmlischen Gestad',
> Da strömt ihr Silberstrom
> Unsterblichkeit!
> *Ihn* soll ich schaun! Gedank'!
> Unauszudenkender Gedank'!
> Ach! ich verstumme dir!

Ugolino. Du hast's gut gesungen. *(Beiseite.)* Herunter, mein Herz! *So* weit war's wohlgetan, Ugolino!

Anselmo *(steht vom Stuhl auf)*. O Licht! Licht! o Salamis, heiliger Vaterlandsboden! Herd meiner Väter! und du, ruhmvolles Athen! und du, mit mir auferzognes Geschlecht! ihr Quellen, ihr Flüsse, ihr trojanischen Felder! euch ruf ich! seid mir gesegnet, o ihr meine Pflegerinnen! Dies letzte Wort ruft Ajax euch zu: das übrige will ich im Elysium den Schatten erzählen.

Ugolino. Was sagst du?

Francesco. Er hat die Rolle des Ajax Telamonius im Augustinerkloster gespielt. Dies ist nichts als eine plötzliche Regung seines Herzens.

Ugolino. Gut; ich verlasse euch, meine Kinder. Der Morgen naht heran, und keins von euch hat noch den balsamischen Schlaf genossen. Schlaft nun wohl, ihr Geliebten. *(Legt Gaddo wieder hin.)* Wenn wir uns wiedersehn, so – *(Geht eilig ab.)*

Anselmo. Schläfert dich?

Francesco. Freilich! aber ohne meines Vaters Segen will ich nicht einschlummern! O mein Schlaf wird ein herzerquickender Schlaf sein!

Anselmo. Mein Vater soll mich auch segnen. *(Gehn ab.)*

Gaddo. Mich hat er gesegnet. Dennoch könnt' ich itzt nicht einschlummern.

FÜNFTER AUFZUG

Anselmo. Ich bin voller Erwartung.

Francesco. Er sprach die Worte: *Es ist ein Gott, meine Kinder!* mit großer väterlicher Gemütsbewegung aus; er konnte keinen Ton mehr vollenden. O mein Anselmo, du weißt nicht, warum ich unsern Vater so schnell verließ.

Anselmo. Noch warum du mir winktest, dir zu folgen.

Francesco. Umarme mich, mein Bruder! daß ich dich fest an mein Herz drücke, Geliebter! Du bist doch nun völlig wieder Anselmo?

A n s e l m o. Ich bin mild wie der Honig vom Hymettus.

F r a n c e s c o. Ruggieri hat mir Gift gegeben, und ich werde sterben. Mein Vater wähnte, ich hätte mich betrogen; ich wähnt' es selbst. Mein Vater soll mich nicht sterben sehen. Mein Vater hat mich zum letzten Male gesehen. Du erblassest? Was ist dir, mein Werter?

A n s e l m o. Cithäron fällt, die erhabne Pallene zittert, und Tempe welkt!

F r a n c e s c o. Noch immer diese hochfliegenden Phantomen! Ach! wie quälst du mich, mein Anselmo!

A n s e l m o. Sprich es noch einmal aus, das geliebte tonvolle Wort. Wie war's? Sterben?

F r a n c e s c o. In dieser Stunde. Daß ich euch itzt schon zurücklassen soll, meinen niedergebeugten Vater, dich, mein Anselmo, dich, mein Gaddo *(indem er Gaddo mitleidig ansieht)*, das, das tut mir weh. Doch, ihr Armen, ich gehe nicht lange voraus.

A n s e l m o. Ha!

F r a n c e s c o. Anselmo, ich will dir etwas ins Ohr sagen, ehe ich sterbe. Ich fürchte unsers Vaters Stillschweigen. Er ist arm an Worten, schwer beladen mit Jammer, schwerer, als ein Mensch es vor ihm gewesen ist. Kann er seine Seele bis ans Ende behaupten, so ist er der größte Sterbliche der Erden, wie er der größte in Pisa war. Aber seine Leiden sind zu vielfach. Deswegen hab ich gewünscht, ihn zu überleben, mein Bruder, um der Stab seines sinkenden Alters zu sein. Du bist ein Knabe von starker Seele, Anselmo; ja du bist mehr als ein Knabe! Weine nicht, Liebster. Doch weine nur. Ich verstehe den ganzen Sinn dieser Zähre.

A n s e l m o. Wie schwach ich mir itzt vorkomme, du Goldzüngiger!

F r a n c e s c o. Ein Wort sagte unser Vater: es gellt noch in meinen Ohren. *Ach, Herr, bewahre mich vor Verzweiflung!* So sagte unser Vater! So sagte Gherardesca! Er nannte sich den *von Gott Verlassenen.* Entsetzen fuhr durch meine Seele: aber ich hielte mich, daß ich nicht ausschrie. Bete für unsern Vater, Anselmo! *(Indem er ihm die Hand drückt.)* Ich wollte dich auffordern – Nun vergeß ich, wozu ich dich auffordern wollte. Die Rede eines Sterbenden –

Anselmo. Sprich nicht: eines Sterbenden, ehrwürdiger Jüngling! Wie, Lichtheller, du wirst mich nicht in diesem engen Turme, von der Welt und aller menschlichen Hülfe abgesondert, mit Gaddo allein lassen? Überdem ist mein Kopf zerstört. Ich schaudre zurück-, ich schaudre vorwärtszuschauen.

Francesco. Recht so, das war's, wozu ich dich auffordern wollte. Laß Ruggieri nicht über die Seele *eines* Gherardesca triumphieren! Sei stärker als deine Jahre. Tritt mit Anstand in die Laufbahn. Wache über deine Vernunft! Ruggieri allein sei der Tobende, aber auch der Zähnklappernde! Er, der itzt jauchzt, sei der Winselnde, der Kriechende, das Insekt! Stirb du deines Namens würdig, Anselmo. Stirb, daß ich dich an jenem Ufer umarmen könne, wie ich dich hier umarme. Gut! das Zittern deines Antlitzes verspricht viel! Dein stolzes Herz steigt sichtbar in deinen Mienen empor! Du bist mein Bruder!

Anselmo *(fällt ihm in die Arme)*. Ach!

Francesco. Meine Bitte hat ihre Deutung, Geliebter. Auch deines Vaters wegen wünsch ich dich standhaft. Kränk ihn nicht durch vergeblichen Kummer: er hat der Leiden genug. Laß mich keine Fehlbitte tun; gib mir deine Hand darauf. Itzt sterb ich vergnügt. Ohne heilige Fürbitten zwar der Knechte Gottes! Keine Träne fließt um mich in seinen Tempeln. Kein Edler im unedlen Pisa trägt meinen wandernden Geist auf den Flügeln seiner Andacht zum Himmel. Aber wo ihr seid will ich sein. Auf dieser Grabinsel soll mein Geist verweilen, auf dieser schwanken Spitze hingeheftet ruhn, mit dem Winde Freudigkeit des Todes auf euch niederlispeln, bis ihr verklärt seid wie ich.

Anselmo *(entschlossen).* Da hast du meine Hand, Kind der himmlischen Grazie, Erstgeborner des großen Gherardesca! Nimm sie, nimm sie zum zweiten Male. Er soll kriechen! er soll winseln! Ich bin eingedenk meines Schwurs, des Erstlinggelübdes; und ich will's halten.

Francesco. Ah! deine Geister sind im Aufruhr! Sammle sie, geliebter, teurer Anselmo!

Anselmo. Rache! Rache!

Francesco. Es gibt nur *eine.* Verzeih ihm.

Anselmo. Wenn das Schwert meiner männlichen Hand ihn nicht erreichen kann, so treff ihn das Gebet meiner Seele in der Todesstunde! –

Francesco. Das Gebet ihrer Großmut und herablassenden Huld. So rächen die Beleidigten im Himmel.

Anselmo. O du! – ich kann deine Glorie nicht ertragen. Aber es sei, wie du gebietest.

Francesco. Ich fühl's, ich muß eilen. Nimm, mein Bruder, nimm meinen Abschiedskuß. Ich sollte Gaddo umarmen – Seltsam! meine Füße wollen mich nicht hintragen. *(Lehnt sich auf Anselmo.)*

Anselmo. Siehst du? ich bin stark, Francesco.

Francesco. Er schlummert.

Anselmo. Mächtig pocht das Herz des Knaben, wie meins pocht. Wie kann es pochen?

Francesco. Schon ist's seiner Wohnung zu groß. So ist deins. Freue dich. Die Gekerkerten sind am Ziele ihrer Freiheit.

Anselmo. Wenn dies Schlummer ist, so ist's ein angstvoller.

Francesco. Die Stunde wird kommen. Fahre wohl, Unschuld! Für dich darf ich nicht beten? *(Macht das Kreuz über ihn.)* Laß uns eilen. Itzt! itzt! Ich will am Sarge meiner Mutter sterben. Gute Nacht! Erde! du Stiefmütterliche! *(Er legt sich in einiger Entfernung, mit Bedacht, an die Seite des Sargs. Anselmo hält ihn in seinen Armen.)* Gute Nacht! Hier will ich besser ruhn.

Itzt verlaß mich! *(Indem er Anselmo mit der Hand winkt wegzugehen.)*

Anselmo. Nicht also! Ich habe noch nie einen Sterbenden gesehen. *(Nach einer kurzen Pause.)* Ist das sterben? Betracht es wohl, Anselmo! Ist das sterben? Gott sei mir gnädig!

Francesco. Er hat mich ergriffen – Gott! Gott!

Anselmo. Erbarmer! Erbarmer! Erbarmer! Noch windet der Wurm sich? Noch? Noch? Wehe mir! Sterben ist grauenvoll!

Francesco *(streckt den Arm gegen Anselmo aus und stirbt).*

Anselmo *(schlägt sich vor die Brust und entfernt sich schnell).* Er ist dahin! mit ihm meine Entschlossenheit. Sterben ist grauenvoll! Geboren werden ist auch grauenvoll! Dies Rätsel ist mir zu fein. *(Er betrachtet den Leichnam.)* Wer nennt den Tod ein Gerippe? Ich hab ihn gesehn: sein Fleisch ist Sehne, seine Knochen sind gegoßnes Erz. Ein vollblütiger, breitschultrichter Mann. Francesco rang mit ihm, es ist wahr: aber Francesco ist der kraftvolleste der *krotonischen* Jugend. Francesco hat einen Stier an den Hörnern zu Boden gestürzt: allein dem erhabnen Fremdling erlag Francesco. Ich bewundre den Bau seiner Glieder. Wenn dieser Jüngling in der Schlacht gefallen wäre: welch ein Mahl für die Adler! Hier ist liebliche Speise! Hier ist Vorrat! Jupiter ist parteiisch. Den Raubvögeln gibt er im Überfluß; Menschen darben. Husch! warum nenn ich ihn parteiisch? Sorgt er nicht für mich wie für die jungen Raben? Ladet er mich nicht ein? Nein! hier widersteht etwas! In meinem Herzen empört sich's und ruft: Iß nicht Anselmo, iß nicht von diesem Fleische. Ein guter Rat! Dies Fleisch könnte mir schaden; es ist vergiftet. Hieher winkt der Versorger. Ein offner Sarg, der einen weiblichen Körper voll himmlischer Schönheit für mich aufbewahrt! Soll ich? Glück! soll ich? Ich folge dir, Glück! Meine Zähne knirschen! Der Wolf ist in mir!

Ha! verwünscht will ich sein, wenn ich dieser Weibsbrust schone! *(Indem er sich über den Sarg erhebt, fällt der Deckel.)*

Ugolino. Tiger! in deiner Mutter Busen wolltest du deine Zähne setzen? Du greinst? Du bist deiner Mutter Sohn nicht, du Ungeheuer!

Anselmo. Woher dieser Starke? Der Tod kann er nicht sein: er ist hager und bärtig.

Ugolino. Wenn Ruggieri dies sähe! dies hörte!

Anselmo. Er droht mir!

Ugolino. Der Mensch ist Mensch; mehr nicht, Herrscher im Himmel! deine Lasten sind zu schwer! Was hab ich nicht erlitten! Könnt' ich, wie das morgenländische Weib, eine Marmorsäule dastehn, so wollt' ich zurückschaun! O nun beb, Erde! nun brüllt, Sturmwinde! nun wimmre, Natur! wimmre, Gebärerin! wimmre! wimmre! die Stunde deines Kreißens ist eine große Stunde!

Anselmo. Dies Weib war meine Mutter!

Ugolino. Dies Weib war deine Mutter, du mit dem dreifachen Rachen!

Anselmo *(indem er sich mit geballter Faust vor die Stirne schlägt)*. Dies Weib war meine Mutter!

Ugolino. Gorgo! was hast du getan!

Anselmo. Hunger! Hunger! Ach, er wütet in meinem Eingeweide! er wütet in meinem Gehirne!

Ugolino. Du Greuel meiner Augen! der du wie ein bösartiger Krebs deiner Mutter Busen zernagst!

Anselmo. Unmenschlich! o unmenschlich!

Ugolino. Wenn der Sohn mit dem Gebiß einer Hyäne am Fleische zehrt, das ihn gebar: o ihr Elemente! so sei der Krieg allgemein! Sulfurisches Feuer zersprenge den Schoß der Mutter Erde! der Abend verschlinge den Morgen! die Nacht den Tag! ewiger, chaotischer, stinkender Nebel die heilige Quelle des Lichts! Hebe dich weg von mir, Abart! Du triefst von dem Blute deiner Mutter! sei unstät und flüchtig! Die Rache zeichnet dich aus!

Anselmo *(wirft sich auf Francescos Leichnam).* Verbirg du mich dem Grimme meines Vaters, brüderlicher Busen! Bei den Toten will ich Schutz suchen: denn ach! die Lebenden sind furchtbar!

Ugolino *(indem er Francescos Leichnam sieht).* Sie ist da, die feierliche Stunde! die mächtige! die prüfende! sie ist da! Nun, Gherardesca! Nun, wenn du ein Mann bist! Die entscheidende feierliche Stunde ist da! Wann ward dieser erste Ast vom Stamme gerissen? Das Schrecken hat den unglücklichen Knaben getötet. Warum zürnt' ich? O Himmel! Er wußte wohl nicht, was er tat. Anselmo! mein Sohn Anselmo! Du ängstigest mich! Sohn des Entsetzens! ach! bist du der dritte dieser Leichname?

Anselmo *(seines Vaters Knie umfassend).* Sei milde! schone! schone!

Ugolino *(ihn aufrichtend).* Betrübe mich nie wieder so!

Anselmo. Nie! oder du magst mich zertreten wie einen Skorpion. Ein reißendes Tier billt in meinem Eingeweide! ich will mit ihm kämpfen! kämpfen will ich mit dem reißenden Tiere! Aber ach! mein Vater! warum muß Gaddo hungern? Dich hungert nicht, sagtest du: warum soll dein Gaddo hungern? Betrachte Gaddo, mein Vater!

Ugolino. Kann ich den Hülflosen sehn, den ich nicht zu retten weiß? Lieber will ich diesen Entbundnen sehn!

Anselmo. Dieser Entbundne ist Francesco.

Ugolino. Und diese im Sarge ist deine Mutter. Zweene sind hier Leichname der Toten: drei tappen noch an ihrer Grabstätte. Francesco verließ mich schnell.

Anselmo. Er starb in meinem Arme.

Ugolino. Der Großmütige! Ich sollt' ihn nicht sterben sehn! warum sah ich ihn gestorben! Hier ist keine Erquickung! Nirgend ein Winkel, der mir nicht einen Gegenstand des Grauens darbeut. Soweit die Schöpfung reicht ist kein Ort, von dem der Erschaffende seinen Blick abwandte als der Ort der ewigen Finsternis und dieser!

Anselmo. O sieh! sieh! mein Vater! Gaddo bewegt sich herwärts. Was ist dem Kinde?

Ugolino. Daß ich mit Blindheit geschlagen wäre! mein Auge nichts sähe! mein Ohr nichts hörte! Sind alle Leiden der Erde in eine einzige Stunde zusammengedrängt?

Gaddo *(kriecht zu seinem Vater hin, dessen Zipfel er faßt).* Nur *ein* Brosämchen, mein Vater! nur *eins*! oder ich sterbe zu deinen Füßen!

Ugolino *(zitternd).* O Gott!

Gaddo. Ach, Anselmo! hilf mir meinen Vater erbitten! Der Tod sitzt auf meinen Lippen: warum soll ich Hungers sterben?

Anselmo *(den andern Zipfel anfassend, und gleichfalls knieend).* Um deiner Liebe willen! laß Gaddo nicht Hungers sterben!

Gaddo. Schier verschmacht ich! bin doch nicht vaterlos noch mutterlos! Gib mir, daß dein Vater im Himmel dir's wiedergebe!

Anselmo. Da dich selbst nicht hungert, o Versorger! gib Gaddo von deinem Vorrate! Laß den Wolf hungern. Der Wolf mag hungern. Laß den schändlichen Anselmo hungern. Der schändliche Anselmo mag hungern. Aber o du mit der finstern Stirne! warum dieses fromme, sanftmütige, schweigende Lamm?

Gaddo. Schon ein halber Bissen wird mir das Leben retten! ja die Hälfte eines halben Bissens wird mich retten!

Anselmo. Als der Mangel ferne von uns war, strömten die Schätze des Gottes wie ein Sommerregen herab! herab auf den gierigen Adler! herab auf das idäische, ambrosiaduftende Kind!

Gaddo *(indem er kraftlos zurücksinkt).* Hier will ich mein Leben ausschmachten! hier auf dieser Stelle! Den Trost soll man mir doch nicht nehmen, daß ich zu meines Vaters Füßen sterbe. *(Mit gebrochner Stimme.)* Gott segn' ihn!

Ugolino. Mark und Bein kann es nicht aushalten. *(Er sinkt bei seinen Kindern zu Boden.)*

Anselmo. Jenseits, wo sie am Styx schweben, ist die Aussicht. So pflegte unsre teure Mutter zu sagen. Jenseits ist die Aussicht!

Gaddo. Engel Gottes! der du mich hier abfordern wirst, laß ein Blümchen *unter meines Vaters Füßen* aufblühen! *(Mit schwächrer Stimme.)* ein geknicktes kleines Blümchen! *(Küßt seines Vaters Füße.)* so blühe mein Leichnam!

Anselmo. Getrost, schöner Sterbender! Das Leben ist der Tränen nicht wert! Was sagte unsre Mutter Ops? Sicherheit blüht nicht unter der Sense des Göttervaters! Jenseits ist die Aussicht!

Ugolino. Ihr Mütter der Kinder und Säuglinge! ihr Weiber mit zartfühlenden Herzen! Menschengeschlecht! heult zum Mond auf! heult zu ihm auf, der höher als der Mond ist! zu ihm, der eure Wehklage hören kann! Klagt's dem Allwissenden, daß dies Los ein Los der Kinder und Säuglinge ist! Und du, blasse Bewohnerin dieses Sarges! *(Kniet vor den Sarg hin.)* Heilige unter den Heiligen! Verklärte am Thron! wenn du auf mich herabsiehst! durchschaue die Leiden deines Ugolino!

Anselmo. Armer neugeborner Unglücklicher! umsonst! der Alte hat seine Zähne gewetzt, und du mußt sterben!

Ugolino. Wenn er stirbt; wenn der Unschuldige stirbt! für eure Verbrechen stirbt! Hungers, Hungers! stirbt: o Ugolino! o Ruggieri! wo ist eine Verdammnis, die euch Grausamen, euch wider diese duldende Unschuld Verschwornen! nicht gebührt?

Anselmo. Mit Verwünschungen spricht er das Todeslos über dich aus! Aber deine gebrochnen weißschimmernden Augen reden eine Sprache! und wohl mir! daß ich sie verstehe!

Ugolino *(nimmt Gaddo in seine Arme)*. Ich lasse dich nicht, Engel! nicht aus meinem Arme sollst du mir entschlüpfen! Ringender! willst du die Hölle auf deinen Vater herabrufen?

Anselmo. So! reiß ihm das Herz aus dem Leibe! Frisch!

Nun hast du's! Dies Zucken kenn ich. Fahre wohl, schöner Knabe, fahre wohl!

Ugolino. Verderben komm über mein Haupt! *(Läßt Gaddo fallen und tritt zurück.)*

Anselmo. Frisch! du Vater deiner Kinder! wohltätiger Saturnus! diesen hast du gewiß! Aber warum scheu? warum bleich und mit entstelltem Antlitze? warum wendest du deine gelben Blicke? warum nagst du deine Hände? Will er sein Fleisch von seinem Gebein abnagen, seinen Hunger zu stillen? Sieht er mich denn nicht? Ich bin ja der einzige Übriggebliebne? Ich kann ihm nicht *entschlüpfen,* und ich will nicht! Er nagt an seinem Fleisch! Beim Styx! große Schweißtropfen fallen von der Stirn auf die zernagten Hände Saturns, des Niedergebeugten! Kann er mich nicht abmähen? Warum säumt er? Oder soll ich mein Fleisch ihm darbieten? So will's die kindliche Pflicht! Ich soll mein Fleisch ihm darbieten! Ich fühle mich von Mitleiden und Erbarmen durchdrungen, diesen Alten so ungewöhnlich hungern zu sehn. Ich weiß auch, was Hunger ist! Nein, ich kann's nicht ausstehn! *(Er hängt sich an seines Vaters Arm.)* Mich! mich! mich verzehre, du eisgrauer Alter! Sieh, dein einziger Zurückgebliebner lebt! Mir laß das Verdienst, deinen Hunger zu stillen!

Ugolino *(in einer Art von Betäubung).* Ruggieri! Ruggieri! Ruggieri!

Anselmo. Schwer liegt die Hand des Schreckenden an meinem Nacken! Gott der Götter! du, den ich in der Angst meines Todes – Es ist Ugolino! *(Er sträubt sich im Arme seines Vaters.)*

Ugolino. Oh! hab ich dich so in meinen Armen! Schuppichtes Ungeheuer! hab ich dich endlich in meinen Armen! Nun winde dich, Hyder! umflicht meine Schenkel! umflicht meine Arme! Gherardesca soll mit männlicher und mit nervichter Faust auf dich treffen! Schuppichtes, vielköpfichtes Ungeheuer! Siehst du? ha! siehst du? ha! siehst du?

Anselmo *(flieht).*

Ugolino *(streckt den Arm nach ihm aus und schlägt ihn zu Boden).* Also treffe dich –

Anselmo *(jammert in seinem Blute).*

Ugolino. Der Sterbenden Geschrei! der Kinder Wehklag' im Leichengefild'! das Gewinsel der Weiber und ihrer Säuglinge! o Sieger Ugolino! Alles wieder still! Kein Hauch mehr in der Luft! Keine Kühlung um meine Schläfe! und mir ist besser! Doch meine Augen sind mit Blindheit geschlagen! Wo find ich meine Laute?

(Nachdem er einige Griffe auf der Laute getan, wird eine sanfte traurige Musik gehört.)

Ist's Ruggieri, der Leichenbestatter? Diese Harmonien schweben nah um den *Hungerturm.* Oder seid ihr's, ihr wenigen Rechtschaffnen, die ihr unter Ugolinos martervollem Kerker weinet?

(Die Musik fährt fort.)

Francesco ist am Gift gestorben, sagst du? was ist's mehr? Wär' er vom Schwert, vom Dolch, vom Beil gestorben, würd' er weniger tot sein? Lern es, mein Sohn, vergiften, ermorden, hinrichten ist ein heiliges Vergnügen: es ist ein bischöfliches Vergnügen! Wie ist das? Bin ich hier allein? Wer dieser Jüngling an der blutigen Mauer?

(Anselmo schreit, da sein Vater sich ihm nähert. Dieser fährt voll Entsetzen zurück.)

Verflucht sei das Weib, das mich gebar! Verflucht die *Wehemutter*, die das Wort aussprach: *Der Knabe lebt.*

Anselmo. *Nur* verzehre mich nicht, du hungernder Vater! *nur* mich Lebenden nicht!

Ugolino. Und hab ich – O Furchtbarster in deiner Rache! Hier liege, Mörder! *(Er wirft sich heftig neben Anselmo hin.)* Hier weihe dich der Erde auf ewig!

(Er spreitet seine Arme über den Boden aus. Die Musik fährt fort.)

Anselmo! *(Wehklagend.)* einst mein Anselmo! einst Freude und Labsal meiner Augen! Dein Vater ist's, der dich ins frühe Grab sandte. Die Klage des Mörders eilt von einer Leiche zur andern. Fluch ihm! Sie wird's ewig!

Anselmo. Dich, Hungertod, werd' ich nicht sterben. Heil ihm!

Ugolino. Auf mich rausche daher! Hungertod daher! Ich bin müde und lebenssatt! Hier sollst du den morschen Gebeinbau finden. Hier zerstieb er, bis die Gerichtsposaune *diesen Staub*, und *diesen*, und *diesen*, und *diesen* erweckt! Hier vermisch' er sich mit der Verwesung der Unschuldigen, die *hier*, *hier*, und *hier*, und *hier* um mich her zerstreut liegen! Und Pestilenz, Pestilenz, du Verwesungsluft der Gherardescas! sei jedem Pisaner, der dich eintrinkt! Mit diesem Vermächtnis –

Anselmo *(indem sich die Musik entfernt).*

> Wonnegesang! Wonnegesang!
> Ist am Ziel denn nicht Vollendung?*
> Nicht im Tale des Tods Wonnegesang?

Ugolino. Ich hebe meine Augen zu Gott auf! Meine zerrißne Seele ist geheilt. Mit diesem Vermächtnis – mit diesem Vermächtnis – Himmel und Erde! eines Verhungernden! langsam, langsam, unter jeder Gewissensangst! Was? Tage und Nächte lang angestarrt von jenen weitoffnen Augen deiner Erschlagnen und auch Verhungerten? was? Nein! nein! nein! bei allen Schauern des Abgrundes! nein! Ich will es nicht aushalten! beim allmächtigen Gott! ich will nicht! *(Er hebt sich gählings, wie um gegen die Mauer zu rennen.)* Du im Himmel! *(Fährt aber plötzlich zurück.)* Ha! *(Mit zum Himmel gehobnen Augen.)* Mein Herr und mein Richter! Ha, Ugolino! noch lebst du! noch – lebst du! klein zwar nun, und nun dir verächtlich, und nun unwürdig des Prüfungstodes! Aber ich lebe! Schwur ich's? bei dem allmächtigen Gott, schwur ich's? O Schwur, wie ihn nie die Verzweiflung geschworen hat! Drei Tage dieser Dämmrung, Ugolino! drei Nächte dieser Dämmrung!

* Aus einer Strophe von Klopstock.

Diese Felslast auf meinem Herzen? sie nicht abwälzen? Ja, es ist schwer! Oder Jahrtausende jenseits in der Finsternis der Finsternisse? Jahrtausende lang an allen Wänden aller Felsen meine Stirne zerschmettern? Wehe mir! in jeder schamvollen Erinnerung meiner unsterblichen Seele sterben? und wieder leben? und wieder sterben? Ach! es ist graunvoll! Jahrtausende lang in der schwarzen Flamme des *Reinigers*? und neue Jahrtausende lang? und vielleicht eine *Ewigkeit* lang, hinzitternd vor dem furchtbaren Antlitze des *Rächers*? Und wie würde der mitverdammte Pisaner die Zähne blöcken! Wie würde der Mitverdammte die Zähne blöcken! Vergib mir! vergib mir, o mein Richter und Erbarmer! vergib mir! Sind nicht meine armen unschuldigen Kinder gefallen? Armer Gaddo! da wand er sich! da umher liegen die Leichname! armer Francesco! und meine Gianetta! meine Gianetta! und – und – *(Mit erstickter Stimme.)* Sie murrten nicht! So hingebeugt der Verwesung! So sie! Kein Murren in ihrer Seele! Ah! was wär's, wenn sich der Verbrecher empörte!

(Er weint bitterlich und verhüllt sich das Haupt. Die Musik wird klagender.)

Eine unmännliche Träne! *(In edler Stellung.)* Kannst du die Bande der sieben Sterne zusammenbinden? Oder das Band des Orion auflösen? Kannst du den Morgenstern hervorbringen zu seiner Zeit? Oder den Wagen am Himmel über seine Kinder führen? Weißt du, wie der Himmel zu regieren ist? Oder kannst du ihn meistern auf Erden?

(Die Musik endigt erhaben.)

Ich will meine Lenden gürten wie ein Mann. Ich hebe mein Auge zu Gott auf. Meine zerrißne Seele ist geheilt. Mit dir, Hand in Hand, du Nahverklärter! *(Anselmo umfassend.)* Und dann seid mir gepriesen, die ihr diesen Leib der Verwesung hinwarft! Ganz nahe bin ich am Ziel!

Ende?
Kannibalismus oder der
Tod als Erlösung?

Anhang zum Ugolino

Die Schlußszene in der Fassung von 1815[1]

A n s e l m o. Nur verzehre mich nicht, du hungernder Vater! nur mich Lebenden nicht!

U g o l i n o. Und hab ich – ? O Furchtbarster in deiner Rache! – Hier liege, Mörder! *(Er wirft sich heftig neben Anselmo hin.)* Hier verbirg dich dem Anschaun der zürnenden Menschheit auf ewig! *(Er spreitet seine Arme über den Boden aus. Die Musik fährt fort.)* Anselmo! *(Wehklagend.)* einst mein Anselmo! einst Freude und Labsal meiner Augen! Dein Vater ist's, der dich ins frühe Grab sandte! Die Klage des Mörders eilt von einer Leiche zur andern! Sie wird ihn verklagen auf ewig.

A n s e l m o. Heil ihm! Dich, Hungertod, werd' ich nicht sterben. Heil ihm! am Ende ist's Wonnegesang! am Ziel Auflösung und Wonnegesang!

U g o l i n o. Mörder! Mörder! was hast du getan? An dem Sarge seiner holden Mutter, auf den Leichnamen seiner unschuldigen Brüder hast du mit dieser Hand deinen einzigen Übergebliebenen ermordet? Deinen Anselmuccio? *(schluchzend)* ihn, deinen Einzigen? O ich bin müde und lebenssatt! Hier, o schmerzhaft ersehnter Tod, Vernichtender, Vollender, hier sollst du den gemeinschaftlichen Staub des Mörders und des Ermordeten dem Staube zurückgeben. Hier zerstieb' er, bis die Gerichtsposaune diesen Gesamtstaub, diesen, und diesen, und diesen erweckt! Hier vermische der Staub des Gesamtmörders sich mit der Verwesung der schuldlos Ermordeten, die hier, hier, und hier, und hier um mich, ihren Mörder, zerstreut liegen!

1. Gerstenbergs Vermischte Schriften, von ihm selbst gesammelt und mit Verbesserungen und Zusätzen herausgegeben in drei Bänden. Erster Band. Altona: J. F. Hammerich 1815.

Und Pestilenz, Pestilenz, du Verwesungsluft der Gherardescas, sei den Verrätern, allen, die dich eintrinken –

Anselmo *(mit gebrochner Stimme).* Ich hatte gegen meinen Vater meine Hand aufgehoben! gegen den besten der Väter meine bewaffnete Hand! Ach, mein Vater, ich wußte nicht, was ich tat! Laß dies büßen! Ich sterbe –

Ugolino. Mein Anselmuccio! *(Weint bitterlich.)* mein Anselmuccio! Siehe, dein Vater weint! Ach schrecklich, schrecklich ist's, wenn das Alter weinen muß! Siehe, in Tränen schwimmen die erlöschenden Augen deines alten jammervollen Vaters! O Gott! schrecklich sind die Schmerzenstränen des Alters. Aber fürchterlich, dreimal fürchterlich ist's, wenn die Verzweiflung auch nicht einmal diesen Ausweg hat! wenn der Wahnsinn seiner eignen krampfhaften Gefühle lacht! O Allbarmherziger, züchtige mich nach deiner väterlichen Gerechtigkeit, wie ich es, ach nur zu sehr! verdient habe; *nur* erhalte meinem schwachen ausgetrockneten Gehirne noch seine Tränen! *nur* übergib mich nicht zum zweiten Male dem krampfhaft auflachenden Wahnsinne der Selbstvernichtung! Erhalte mir meine Tränen, daß ich bei den Zuckungen, unter denen hier mein Einziger, mein Letzter, mein zweites Selbst, *(schluchzend)* vor meinem Angesichte erliegt, mich nicht aufraffe und der Vertilger seines Vertilgers werde! *(Nach einer langen Pause.)* Der Vertilger, sagte ich? Unsinn! ist denn der Tod nicht Fortdauer? Übergang aus diesem Erdeleben in ein anderes, dessen Momente Äonen sind? *(Pause.)* Ach wie wohl wäre mir's, wenn der Tod Ugolinos auch sein Vertilger wäre! wenn mit dem Gefühle meines Jammers auch die Erinnerung in mir erlöschen könnte, daß ich, daß dies Selbst es war, was – Nein! ich kann den entsetzlichen Gedanken nicht ertragen! Wie würde Ruggieri, wie würde der Mitverdammte sich freuen, wenn er mit fletschendem Zahne auch noch diesen wissentlichen Mord des Selbst durch das Selbst mir vorzuwerfen hätte! Diesen schrecklichsten, vorsätzlichsten, der keiner Ausgleichung mehr fähig ist! Die Freude eines Teufels! eines Erzbischofs unter den Teufeln! *(Springt hastig auf und schlägt sich wütend vor die Stirne.)* Teufel! Ruggieri? er? der das Urteil eines Verdammten, mich und sie alle Hungers sterben zu lassen, über mich aussprach? er mein Richter? wer hat den Geier, der an meinem Eingeweide nagt, zu meinem Richter gemacht? Teufel! Teufel! du mein Richter? ich, an diese Felsenmauer geschmiedet, den Heißhunger dieses Ungeheuers zu stillen, ich Gherardesca! dein Prometheus? Lächerlich! bis zur Peinlichkeit! *(Lacht fürchterlich.)* Teufel! Teufel! du mein Richter? Weißt du, was der Tod des Verhungerns ist? Hungertod? Ha, ha, ha! Hungertod! – Hungertod, dein Name ist Tartarus. *(Hier erst bemerkt er den Dolch, der auf dem Fußboden liegt und den er, indem er ihn aufhebt, mit Verwunderung betrachtet.)* Ein stattlicher Säbel! Wie ist diese prächtige Waffe hier in den Turm gekommen? Unstreitig vom Himmel gefallen! Nein, Gherardesca, nicht Hungers sterben, aber auch nicht – Nein, das geht nicht – Gherardesca Hungers sterben? O ich möchte rasend werden; es ist ja zum Totlachen. *(Er schwingt den Dolch und lacht wieder.)* Erzbischof, siehst du denn nicht, daß ein Engel vom Himmel mir dies zweischneidige prächtige Schwert gebracht hat, um mir die Wahl zwischen deinem Richterspruche und dem eines höhern zu erleichtern? Hörst du nicht das Sausen seiner klangreichen Fittiche? *(Die Musik kommt näher.)* Horch! er ruft mich. Jeder Buchstabe meines irdischen Namens ist in seiner Engelstimme zur Melodie geworden. Ich komme, Seliger! Ich komme, du Rächer mit dem Flammenschwerte! Heilbringer! Vollender! O du mein Erlöser! Gnade! Gnade! ich komme! ich komme!

(In dem Augenblick, da er den Dolch gegen seine Brust richtet, fällt der Vorhang.)

Dante: Inferno, 33. Gesang in der von Gerstenberg benutzten Übersetzung von J. N. Meinhard[1]

In dem neunten Kreise findet er zween Sünder in einer abscheulichen Stellung. Der eine hat den Kopf des andern mit den Zähnen gefaßt und frißt sein Gehirn heraus, „nicht anders, als wie man das Brot in großem Hunger verzehret". *Dante* verlangt, die Ursache dieser barbarischen Wut zu wissen, und hierauf folgt die Stelle, die ich hier übersetzen will. Ich überlasse Ihrer Empfindung das Urteil darüber.

„Dieser Sünder erhob den Mund von dem grausamen Fraße, indem er ihn an den Haaren des Kopfes trocknete, den er zernagt hatte. Darauf fing er an: du verlangst, daß ich den äußersten Schmerz erneure, der mein Herz itzo schon ängstiget, da ich nur daran denke, noch ehe ich davon rede. Aber können meine Worte zum Samen werden, der dem Verräter, den ich nage, Schimpf hervorbringe, so sollst du mich zu gleicher Zeit reden und weinen sehen. Ich weiß nicht, wer du bist noch wie du hier herabgekommen; aber nach deiner Sprache scheinst du mir ein Florentiner zu sein. Wisse denn, daß ich der Graf *Ugolino* und dieser hier der Erzbischof *Ruggieri* gewesen. Itzt werde ich dir sagen, warum ich für ihn ein solcher Nachbar bin. Daß ich durch eine Würkung seiner boshaften Anschläge, zu einer Zeit, da ich mich ihm vertraute, gefangengenommen und ums Leben gebracht worden, ist nicht nötig zu erwähnen. Aber was du nicht gehört haben magst, wie grausam die Art meines Todes gewesen, das sollst du vernehmen und sollst erkennen, ob er mich beleidigt hat. Eine kleine Spalte in dem Kerker, der durch mich noch den Namen des Hungerkerkers führt,

1. Johann Nikolaus Meinhard: *Versuche über den Charakter und die Werke der besten italienischen Dichter.* 1. Teil. Leipzig 1763. Text nach der 2. Auflage: Braunschweig 1774.

hatte mir durch ihre Öffnung schon verschiedene Monden gezeiget, als ich den unglücklichen Traum hatte, der den Schleier der Zukunft vor meinen Augen zerriß. Dieser erschien mir auf einer Jagd, als Herr und Befehlshaber. Er jagte einen Wolf mit seinen Jungen nach dem Gebirge zu, welches die Pisaner verhindert, Lucca zu sehen. Mit magern, geringen Hunden stund vor ihm Gualandi, nebst Sismondi und Lanfranchi. Nach einem kleinen Laufe schien mir der Wolf mit seinen Jungen schon ermattet. Schon schien es mir, daß ich ihnen von den spitzigen Zähnen der Hunde die Seiten zerfleischen sah. Als ich vor Anbruch des Tages erwachte, hörte ich meine Kinder, die mit mir im Kerker waren, im Schlafe weinen und nach Brot rufen. Du bist wohl grausam, wenn du dir vorstellest, was meinem Herzen ahnte, ohne dich zu betrüben; und weinst du nicht hierüber, worüber pflegst du zu weinen? Schon waren wir alle erwacht; die Stunde kam, in der uns die Speise pflegte gebracht zu werden; und jeder war wegen seines Traums in Furcht, als ich die untere Tür des schrecklichen Turms verschließen hörte. Ich sah darüber meinen Kindern ins Gesicht, ohne ein Wort zu reden. Ich weinte nicht, so sehr ward mein Herz versteinert. *Sie* weinten, und mein Anselmo sprach: Du siehst so starr, mein Vater: was fehlt dir? Dennoch vergoß ich keine Träne und antwortete nichts diesen ganzen Tag noch die Nacht darauf, bis die Sonne zum zweitenmal hervorstieg. Als ein wenig Licht in den martervollen Kerker drang und ich in vier abgehärmten Gesichtern mein eignes erblickte, nagte ich meine beiden Hände für Qual: und sie, welche glaubten, daß der Hunger mich dazu trieb, stunden plötzlich auf und sagten: Ach Vater! der Schmerz wird weit geringer für uns sein, wenn du uns verzehrest: du hast uns mit diesem elenden Fleische bekleidet, nimm du es uns wieder. Ich blieb hierauf ruhig, um sie nicht noch mehr zu ängstigen. Diesen und den folgenden Tag waren wir alle sprachlos. Grausame Erde, warum verschlangst du uns nicht? Nachdem wir bis zum vierten Tag gekommen waren, warf Gaddo sich ausgestreckt vor meine Füße hin und rief aus: Ach mein Vater, warum hilfst du mir nicht? Hier starb er. Und wie du mich hier siehst, sah ich die übrigen drei, einen nach dem andern, zwischen dem fünften und sechsten Tage, vor mir hinfallen. Nachher, da ich, vor Schwachheit schon blind, sie nicht mehr sehen konnte, kroch ich noch auf sie zu und tastete nach ihren Leichnamen; ich rief sie noch drei Tage, nachdem sie gestorben waren: und dann gab mir der Hunger den Tod, den mir der Schmerz nicht hatte geben können."

Johann Gottfried Herder: Ugolino[1]

Vor allem ist mein erstes Wort, daß ich dies Stück nicht als ein löblicher Kunstrichter vom Handwerk weder gelesen habe noch beurteilen werde; daß es nicht meine Sache sein soll zu untersuchen, ob die Regeln, in denen die Trauerspiele einer gewissen Nation wie in Hülsen wachsen, genau beobachtet sein mögen? ob diese Tragödie aufgeführt, oder gar als Trauerspiel *gespielt* werden könne? warum wir Deutschen denn nicht auf unsre Schauspieler und etwa ein Lokaltheaterchen bei jedem Charakter und jedem Zuge des Charakters Rücksicht nehmen? Warum wir nicht aus unserer Geschichte Fabeln borgen, um so wenigstens national zu sein! – – Was gehen mich alle diese ehrenveste Fragen an? ich folge zuerst dem Strome meiner Empfindung.

Und sage, daß dies Stück im ganzen große Eindrücke machet, daß es Szenen durch aus der tiefsten Brust, und zwar nicht weiche, sondern recht bittre Tränen erpresset, daß Schauder und Abscheu große Längen hinab sich meiner ganzen Natur bemeistert und Hauptempfindungen dieses Stücks sind, die verrauschen und immer von neuem und immer

1. Rezension in der *Allgemeinen deutschen Bibliothek,* Bd. XI, 1770.

fürchterlicher durch unsre Glieder zurückfahren – daß sich in ihnen eine tiefe innere Kenntnis der menschlichen Seele äußere, da, wenn uns hie und da in ihr unvermutet und oft mit einem verlornen Zuge der Abgrund einer Empfindung gezeigt wird, jeder, der Gefühl kennet, zurückschaudern werde: – daß bei allen seinen Fehlern und übertriebenen Stellen ein Dichter der ersten Größe, von wilder und weicher Imagination, von tiefer menschlicher Empfindung und einem innern unnennbaren Sinne spreche, der unsrer Nation in der Folge was Außerordentliches zusagt. – – Das sage ich, und sage es aus innrer Empfindung, der ich nicht widerstehen mag: und will man diese nicht für ein kritisches Orakel gelten lassen, so hoffe ich, daß dies Blatt wenigstens einige junge fühlbare Seelen finden werde, die da sympathisieren. –

Die Geschichte des Drama ist aus dem Dante bekannt; nur hoffen wir, daß hier niemand eine Bearbeitung nach Dantes Manier erwarten werde. Die Geschichte kostet uns bei dem Italiener Tränen, aber die Mittel, die in ihr, als Episode, Tränen würken, können in der Tragödie unmöglich die Hauptmittel der Rührung sein. Dante rührt durch seine kurze und einfältige Erzählung, durch den kalten Schmerz, der sich in seiner anscheinenden Ruhe nur um so mehr äußert, in den einzelnen Zwischentönen der Empfindung, die wie hohle Akzente eines Elenden, der nicht reden soll und doch redet, sich hervorstoßen: so rührt Dante, und Meinhard hat die Stelle nach seiner Gewohnheit, das ist schön und einfältig, entwickelt. – Aber der tragische Ugolino kann nicht völlig den Weg nehmen. Aus der Geschichte soll Drama werden: in die einfache Erzählung soll Handlung kommen: die Kinder des Ugolino sollen ihre verschiedene Charaktere erhalten: der einfache Ton der Empfindung, der in der Erzählung herrscht, soll in alle melodische Modulation, die das Drama hinunterwallet, verwandelt werden. – Der Stoff des Dante kann also nicht bleiben, was er ist, und der Dichter kann, wenn er ihn wohl umbildet, so ganz Schöpfer sein, als hätte er die ganze Geschichte erfunden.

Aus zwo Ursachen machen wir diese Vorbauung. Zuerst, weil man vielleicht Dante auf Kosten der Erfindung unsers Dichters loben könnte: allein, die dies sich einfallen ließen, würden nicht bedenken, daß in solcher Anomalie von Dichtererfindung auch Dante nicht erfunden, sondern aus der Geschichte entlehnt habe, und daß bei dem Dichter nicht im Stoffe, sondern in der Zurichtung des Stoffes, in der dramatischen Komposition z. E. der Erfindungsgeist herrsche. Zweitens wird man auch das nicht dem *Herrn von Gerstenberg* (denn der soll der Verf. sein) anmuten, daß er dem Ton der Empfindung im Italiener hätte folgen sollen. Ein tragisches Drama hat so viele Empfindungen auseinanderzuwikkeln; es muß diesen Ton des Affekts in jenen stimmen; einen sich in den andern verflössen, und so nur allein wird die tragische Musik für das Herz und die Seele. Wir setzen diese Anmerkungen zum voraus, weil man in Beurteilungen der Werke des Genies nur zu oft dagegen zu handeln pflegt, und – fahren fort.

Die Personen und die Szene und die Fabel der Handlung sind sehr einfach, so einfach, daß dies Stück nebst dem *Tode Adams* von *Klopstock* und *Lessings Philotas* unter allen deutschen der Simplizität der Griechen am nächsten kommen möchte. Der Gegenstand und die Personen bleiben dieselben: die Gattung der Empfindungen dieselbe, nämlich Haß gegen den geistlichen Verfolger, Liebe der unglücklichen Familie gegen einander, Mitleiden, gemeinschaftlicher Schmerz, Verzweiflung. Nur so wie nach der Erzählung des Dante noch durch eine kleine Spalte des Gefängnisses Licht brach: so muß hier ein kleiner Anschein von Hoffnung, der aber zu bald, und ach! zu stark verbittert wird, in dies so einfache Trauergemälde Handlung bringen.

Der älteste Sohn Francesco hat oben im Turm eine Öffnung wahrgenommen, schöpft Hoffnung, herunterzukommen und Vater und Brüder zu befreien, kommt glücklich herunter, läßt die eingeschloßnen Seinigen auf seine Rückkunft hoffen und warten – ach aber! da werden zwei Särge hineingebracht, und da diese sich öffnen, so ist in dem einen Francesco selbst und im andern gar die Gemahlin des Ugolino. Diese tot, jener zwar lebendig, aber von Ruggieri gezwungen, Gift zu nehmen, und also das Elend der Eingeschloßnen im höchsten Jammer. Die Tür wird auf ewig verriegelt, und die Familie stirbt den schaudervollsten Tod des Hungers und des innern Schmerzes. – – Das ist das einfache Gemälde des Drama, und welch ein entsetzliches, ja fast abscheuliches Gemälde!

Es ist ein gemeiner plumper Begriff von dramatischer Handlung, sie sich nicht anders als in einer Katastrophe, die viel Geräusch macht und nichts mehr, zu gedenken; ohne Zweifel ist auch eine Umwälzung der Empfindungen und eine Aggradation bis zu einem Knoten, wo sie sich lösen müssen, Handlung, und zwar allerdings die würksamste Handlung auf unser Gefühl. Aber wie? sollte hier völlig eine solche Umwälzung sein? Kann nicht immer Ugolino, wenn er vernünftig sein will, zu wenig Hoffnung aus dem Sprunge seines Sohns schöpfen, als daß diese Hoffnung jetzt Erwartung, Freude, Froheit der Seele werden könnte? Ist dies nicht auch in der Gerstenbergschen Schilderung so? und bei dem kleinen träumenden Gaddo auch so, wiewohl aus andrer Ursache? Und kann der dritte, Anselmo, dieser tollmütige Jüngling, der selbst nie recht weiß, worüber er sich freuet oder sich ereifert, kann der für alle gelten? Und ist auch selbst bei dem die Farbe dieser Empfindung nicht viel zu wenig angedeutet, als daß sie neuer Ton und Knoten des Stücks sein sollte? – Und da dies nicht ist, sind nicht die andern Empfindungen viel zu einartig und monotonisch, als daß sie mit ihren kleinen Schattierungen Handlung ins Stück bringen konnten?

Wir kritisieren nicht aus *Hedelin* oder *Racine*, sondern aus unserm Gefühl. Wäre die Hoffnung der Familie etwas angedeuteter geworden: um so empfindbarer wäre nachher der Kontrast des gehäuften Elendes. Wäre er etwas würdiger ausgedacht als in dem unwahrscheinlichen und kindischen Abspringen des Francesco, das wohl nicht viel erwarten läßt und aus dem der Leser vielleicht noch weniger Hoffnung schöpft als selbst Ugolino, der doch schon kalt und nur gar zu kalt bleibt: wäre dieser Zwischenschub von der Art, daß sich auch andre außer dem männlichen Kinde, Anselmo, darüber freuen könnten: so würde uns ohne Zweifel der Knote fester ans Herz gehen. Jetzt hat Dante mit seiner Spalte im Turm Gerstenbergen verführt, ein Loch daraus zu machen, aus dem sich zur Not herausspringen läßt, und dieser tollkühne Turmspringer ist der ganze Deus ex machina. Sonst geht, außer dem Sarge seiner toten Gemahlin, das Gemälde von Anfange bis zu Ende fort und ist von Anfange bis zu Ende fast abzusehen. – – Auch das fürchterliche Turmzuriegeln dünkt mir in dieser Absicht nicht merklich gnug: im Dante dringt es uns, als das letzte Verriegeln aller Hoffnungen, recht gewaltsam in Ohr und Seele: Hier vielleicht nicht so auszeichnend auf dem Grunde der *Handlung*. Wie daher anders, als daß diese nur gar zu lange fortwähret und gleichsam *fortschleppet*.

Indessen ist auch freilich dies Einfache des Drama nicht ohne seine eigentümlichen Verdienste und bei einem Dichter, der Shakespeare so zu lieben scheint, lobwürdiger als das Gegenteil. Ein theatralisches Genie, das auch nur Funken von Shakespeares Geist hätte, ihm aber seine Untereinandermischung, sein Übereinanderwerfen der Szenen und Empfindungen ließe und sich keine Episoden erlaubte – was wäre dies für eine schöne Mäßigung des Briten!

Die *Charaktere* im *Ugolino* sind alle stark, und oft recht mit shakespearisch wildem Feuer gezeichnet. *Ugolino,* ein wahrhaftig starker Geist, voll Liebe gegen seine Kinder und noch mehr gegen seine Gemahlin; voll Schmerz über das Ungemach, das die Seinigen durch ihn leiden, noch mehr als über sein eigenes: voll Haß gegen seinen Todfeind Ruggieri und voll Heldenmut – so hat ihn Gerstenberg zeichnen wollen, und er muß es für das stärkste Ideal gehalten haben, ihn so zu zeichnen. Ob er's aber wäre? ob er nicht in diesem hartherzigen, unversöhnlichen Charakter, der ihm so tief sitzt, oft selbst *Ruggieri* würde, der nur von den Mauern des Gefängnisses eingehalten wird, an seinem Ruggieri noch weit, weit grausamer, wilder, unmenschlicher* zu handeln? Ob der so greulich fluchende *Ugolino,* der Ugolino, der seinem Sohne Francesco (dem doch nichts als sein kindisch recht gut gemeinter Einfall mißglückt ist, den Vater zu retten, der deswegen sein Leben gewagt hat und es auch würklich einbüßet), ob Ugolino, der diesem Unschuldigen so mitspielt, ihm so greulich flucht, ihm die Faust vor die Brust setzet, ihn rüttelt und wieder verfluchet – ob der Ugolino, wenn er Teilnehmung erwecken soll, sie so erweckte? Ob der Ugolino, der seinen Sohn Anselmo selbst, und das in Raserei, zum Todesopfer in seinem Blute macht – ob der Vater Mitleid erregen könne? – – Ob nicht der Schauder über ihn sich zu oft mit Abscheu, dem bittersten Abscheu mischte?

Ein *Gerstenberg* kann's freilich nicht ohne Ursache so gewollt haben, die Ursachen lassen sich in der Empfindung leicht finden, aber auch leicht widerlegen. Es ist gewiß, daß eine starke Seele auch bei aller Güte und Menschenliebe ihre Stärke gegen ihren Feind in Haß, in ebenso starkem Hasse beweiset, als ihre Freundschaft sich gegen Freunde äußert. So bei den griechischen Helden, so bei den Wilden, so bei der Natur. Allein hier muß doch immer Sympathie, Mitgefühl der erste Zweck des Drama bleiben, und wo auch das Entsetzen, der Schauder nicht ein sympathetischer Schauder, nicht ein teilnehmendes Entsetzen, sondern widerlicher Abscheu ist, da würke er nicht. – Das harte Betragen des Ugolino gegen seinen Francesco soll freilich aus dem Gefühl des neuen Schmerzes gerechtfertigt werden, den

* Erster Aufz. S. 5 unten [9]. Ruggieri hat dem Gaddo einen Schlag gegeben, und Ugolino ihm dafür das verruchte Herz aus dem Leibe drücken – wer ist mehr Barbar?

Ruggieri dem Eingeschloßnen zufüget und zu welchem neuen Triumphe dieser Francesco Gelegenheit gegeben, allein immer hasse ich doch den Vater, der sich, von welchem Gefühl es auch sei, so hinreißen läßt, um so lange gegen sein unschuldiges, gutherziges, mitleidendes Kind zu wüten. Die Liebe gegen die eingesargte Gattin soll dieses Betragen noch mehr rechtfertigen, und sie verstärkt es auch im Stücke gnug: allein, ist's natürlich, daß die väterliche Liebe hier so sehr von der ehelichen Liebe des Gatten bezwungen werde? – Und die letzte Tat Ugolinos ist unmenschlich und abscheulich. Freilich, sie geschieht an dem Anselmo, der wie ein hungriger Wolf seine Mutter annagen wollte und wo eine Abscheulichkeit die andre kompensiert: freilich geschieht sie in Verzweiflung, in Raserei; aber wie? Ist diese Raserei mehr aus Mitleiden gegen die unglücklichen Schlachtopfer als aus Tolleifer gegen Ruggieri entstanden, so ist eine solche Tat unnatürlich und wider alle guten Gesetze der rasenden Logik. In diesem Fall wird dem rasenden Vater das Bild seiner Söhne ganz ein andres Bild in seiner unsinnigen Seele sein, als sich an ihm zu vergreifen. Ist aber die Tollheit aus Haß, aus überwiegendem Haß entstanden, der alles andre in der Seele, jeden andern Gedanken, der nicht Haß ist, verdrängt, der auch den Vaternamen und das Bild der um sich Sterbenden, die ihm alles sein sollten, so verdränget, daß sie ihm nichts sind, daß er in Anselmo den Ruggieri mordet – weg mit dem väterlichen Ungeheuer! weg mit dem Tyrannen, der meine Sympathie erregen soll! –

Ich weiß, wie sehr ein Shakespeare mit unsern Empfindungen schalten und walten kann; aber so unmenschlich, so *gegen* die Sympathie des Zuschauers schaltet er nur, wenn sich die Leidenschaften brechen; also nur im Vorbeigehen, um andre desto tiefer einzudrücken. Die Dissonanz, die hart an mich drang, löset sich auf, und meine Sympathie wird siebenfach stärker. Sie würken also bei ihm immer mehr als Mittel nicht als Zwecke und das für seine Briten; sollte sich aber v. G. nicht zu lange, zu zweckmäßig bei ihnen verweilen und den letzten Fall ordentlich zum Zweck des Ausganges gemacht haben? – Abscheulicher Ausgang! –

Wie gerne möcht' ich mich mit dem V., dem so innern Kenner Shakespeares hierüber und über manches andere, was wohl nicht shakespearisch ist, besprechen, wenn dazu hier der Ort wäre. Ich muß aber bei allem, was sich über solch ein Stück sagen läßt, forteilen!

Die Charaktere der Kinder sind, wie leicht zu denken, kontrastiert: *Anselmo* ein kühner kindischer Held: *Gaddo* ein weiches, fast zu dummes Kind: *Francesco* in Worten und Empfindungen reifer und gesetzter; im Stücke vielleicht der durchgängig bestgetroffenste Charakter. *Anselmo* hat mir zu viel Ähnliches mit Philotas: und überdem: sein kindisches Heldentum gerät zu sehr auf Wortspiele, die bei ihm die Federn der Empfindung sein sollen: und an solchen Wortspielen, an *einem* solchen Wortspiele hängt seine Seele oft so lange, daß Rasereien, wütende und gesunde Rasereien dadurch bewürkt werden. Ich setze mich in seine Stelle und finde es kaum der Mechanik einer Seele, wenn es auch seiner Seele wäre, gemäß, mit solcher Kraft solche Würkung zu erreichen. Wenn nun noch, damit Gaddos Charakter mit dem seinigen kontrastiere, auch dieser sich auf so kleinfügige spielende Weise äußert, und seiten- seitenhin der spielende Kontrast fortgeht, beide aus ihrer Einbildungskraft spielen, beide mit einem Worte spielen und oft darüber bitter zerfallen – freilich, so sind die Kinder; aber muß nicht der Zuschauer mit solchen Kindern zu sehr kindisch und zu lange kindisch sympathisieren, um ihr Charaktergeschwätz auch nur zu ertragen? Und wenn solcher Worthandel oft nicht auch im Worte, in gewissen Ausdrücken Würde, Behutsamkeit gnug hat, ist er theatralisch? und wenn er ans Lächerliche noch anstreift, ist er tragisch? – Ich will nur wenige Beispiele geben.

Wenn Anselmo sich im ersten Aufzuge vom Francesco charakteristisch unterscheiden soll und also die Größe des Gedankens, der es sei, vom Turm zu springen, nach der

Höhe abmißt, Mal über Mal abmißt: „Oben an der Spitze des Turms – der Gedanke ist so erhaben, daß ich ihn dir nicht nachdenken kann: um desto mehr aber bewundere ich ihn – Und ich soll unten, wie ein armseliger Tropf, zur Turmtüre *hinausschreiten*? Was sag ich *schreiten*? *schleichen*! Eher soll man mich bei den Haaren *hinausschleppen*! Merke dir's, Stolzer, ich *springe*!

Franz. Tor, wird unser Vater nicht auch hinaus *schreiten*?

Gaddo. Sprich, daß du *schreiten* willst! Was ist daran gelegen? *geht's* doch *hinauswärts*!

Franz. Komm, Anselmo, du magst mich zurecht weisen, wenn ich an der Mauer *herabklimme*.

Ans. Und ich soll das *Nachsehen* behalten? soll ich?" usw., wenn eine Kontrastierung auf eine solche Reihe von Wortspielen hinanläuft: so hätte die ein Schilderer des menschlichen Herzens, wie *Gerstenberg*, nicht nötig.

So ist die lächerliche kindische Szene, da Gaddo vom Essen geträumt hat und noch immer träumt und Anselmo von seiner Seite wieder eine andre Sache vor hat, die Gaddo ihm nicht verstehet: und sie sich seitenlang mit Worten hetzen. So ist's, wenn sie aus diesem Gedankenspiel in ein anders fallen, was bei ihres Vaters Landgütern schön gewesen, einer den andern nicht versteht und jeder nach seinem Kopf redet und es recht angelegt scheint, um den Kontrast bis zum lächerlichen Gewirre zu treiben. So ist's, wenn das musikalische Rollen der Steine auf den Dachziegeln gemacht wird und auf der Laute gemacht werden soll und Gaddo es nicht machen lassen will, weil er's schon so hört. So ist der Streit mit dem Vogelnest, dem Jagen, dem Einhegen usw., der heftig und recht widerlich heftig wird. So sind viele Stellen, da die Leidenschaft ihren Gang auf Worten, wie auf Stelzen nimmt; mancher Zusammenhang des Dialogs, der durch ein Wortspiel zusammenhangt: so ist endlich ein guter Teil von der Raserei des Anselmo, in ihrer Entstehung insonderheit. – Alles wieder nicht shakespearisch. Ich weiß, daß *Gerstenberg*, dieser so große Kenner des

Briten, als ich manche Briten selbst nicht gefunden, die Wortspiele desselben aus seiner Zeit vortrefflich erklärt; aber Shakespeare für unsre Zeit? Ein *Gerstenberg*, der so genau und innig charakterisieren kann; der aus dem Grunde der Seele, aus der Wendung und Verflößung der Leidenschaft in unerwarteten kurzen Ausbrüchen seine Personen so stark und treffend schildert, daß man staunet – sollte der in einer Zeit, wo man die Wortspiele so ekel findet und wo der schale Kopf, der eben, weil er schal ist, Wohlstand und Geschmack, wenn auch nichts mehr? auf der Zunge trägt, nicht eben doppelte Sorgfalt hierin beweisen? Ein Schriftsteller, der den ganzen Schatz der Sprache in seiner Gewalt hat wie G., müßte, um nicht in das Spielende hingerissen zu werden, desto genauer auf seiner Hut sein.

Nehme ich diese und andre Übertreibungen aus – welch ein Charakterzeichner ist Gerstenberg. Sein kleiner Gaddo lebt bis auf jeden Zug seiner Miene: sein Francesco bleibt sich bis auf alles treu: und wenn ich über seinen Anselmo und Ugolino nicht durchgängig urteilen mag: so blickt überall doch ein Genie hervor, das nichts darf, als sich selbst mäßigen: ein luxurierendes Genie, das, wenn es seine Auswüchse verschneiden läßt, innere Fülle gnug besitzet.

Die *Leidenschaften* sind in dieser Tragödie fast verschwendet: und doch – – der Verf. billige oder mißbillige das Wort des Kunstrichters – doch wollt' ich noch immer schwören, daß die *Zärtlichkeit der Empfindungen* vorzüglich die Seele dieses schönen Dichters sei. Schauder, Abscheu, giftigen Haß – alles mag er erregen können; aber wenn Ugolino über seine Gianetta weinet:

Ugolino *(zum Sarge gehend).* Und ist sie tot? O Gianetta! bist du tot? tot? tot?

Fr. Rede du zu unserm Vater, Anselmo. Rede zu ihm.

Ug. Was hier? mein Bild an ihrem Herzen! Ach! sie war lauter Liebe und erhabne Gütigkeit! Sie vergab mir mit dem letzten stillen Seufzer ihres Busens. Es ist feucht dies Bild; feucht von ihrem Sterbekuß. Und küßte meine Gianetta ihren Ugolino in der richterlichen Stunde? Wie freundlich war das! wie ganz Gianetta! Ihr Tod muß sanft gewesen sein, mein lieber Francesco!

Fr. Ihr Tod war ein sanfter Tod.

Ug. Gott sei gelobt! Ihr Tod war ein sanfter Tod. Ich danke dir Francesco. Dies Bild gleicht deinem Vater nicht recht. Das Auge ist zu hell, die Backen zu rot und voll. Ihr seid die Abdrücke dieses Bildes; aber keine Wange unter diesen Wangen ist rot und voll. Ihr seid blaß und hohl, wie die Geister der Mitternachtstunde. Ihr gleicht diesem Ugolino, nicht dem. Ach! ich muß hieher sehen.

Fr. Wir sind vergnügt, mein Vater, wenn du zu uns redest.

Ug. Daß sie mein Bild an ihrem Herzen trug, daß sie sich ihres Ugolino nicht schämte, mein Sohn, als sie vor ihre Schwester Engel hintrat; daß sie mit ihrem Sterbekusse meine Flecken abwusch: ach liebes Kind! wie erheitert mich das! wie gütig, wie herablassend war es! Aber sie hat mich immer geliebt. Kein pisanisches Mädchen hat zärter geliebt. Sie war die liebreichste ihres Geschlechts.

Fr. Und hier, diese diamantne Haarnadel, mein Vater, mit der sie nur an dem Jahrsfeste ihrer Vermählung ihr (duftendes) Haar zu schmücken pflegte –

Ug. Es ist mein Angebinde. Geschmückt, wie eine Braut, entschlief meine Gianetta. Sie lud mich ein: hier liegt ein Brief an ihren keuschen Busen. Nie ist ein Liebesbrief geschrieben worden, wie dieser. Ha! es ist meine Hand! usw.

Eine andre Probe bei dem Anfange des vierten Aufzuges:

Ug. Bin ich endlich allein? hier war ich König! hier war ich Freund und Vater! hier war ich angebetet! Ich heischte mehr. Wenn ich mir jetzt das goldne Gepränge, die Tropäen, den Stolz meiner kriegerischen Tage zurückerkaufen könnte: ach! mit Entzücken gäb' ich sie, alle die geprahlten Nichtswürdigkeiten, um ein dankbares Lächeln ihrer errötenden Wangen, um einen belohnenden Blick ihrer Augen, um einen Ton ihrer Lippen; um einen Seufzer der Freude aus ihrer Brust. Ach Ugolino! du warst glücklich! kein Sterblicher war glücklicher! Und du hättest glücklich vollenden können! Da sitzt der Stachel! Ich bin der Mörder meiner Gianetta! Wider mich hebt sie ihr bleiches Antlitz zum Himmel! Auf ihren Ugolino ruft ihr unwilliger Schatten den Richter herab! liebenswürdiger Geist! liebenswürdig in deinem Unmut! Ist dein Antlitz ganz ernst? Ach! dein Antlitz ist ernst! Einst habe ich dich gesehn, meine Gianetta; Liebvoll und schüchtern sankst du in meine Arme. Da waren deine Blicke mild, wie der Morgentau; und deine süßen Lippen nannten Pisas Befreier deinen Erretter! Nun bin ich gebeugt, meine Liebe! Mein Haar ist nun grau, und mein Bart ist fürchterlich, wie eines Gefangnen. Doch der große Morgen wird ja kommen! usw. – –

Ist meine Gianetta gefallen! mit Gift hingerichtet haben sie meine Gianetta? Gift sogen sie aus den Worten meiner Liebe? Ach! aus den Worten meiner Liebe? Einsame Erde! ich traure! Was? mit Gift hingerichtet haben sie meine Gianetta? usw.

Szenen von der Art, sanftrührende Kindes- und Vaterszenen, viele sanfte Züge einer gesetzten holden Seele, die mit ihrer Ruhe uns über uns selbst wegreißt: solche sind häufig, und sie sind für unsre Empfindung die schönsten. Insonderheit verhungert der arme kleine *Gaddo* so recht von innen aus mit allen Symptomen der fühlenden zarten Menschheit in einem Kinde: wir sehen ihn Schritt vor Schritt, mit seinen Erholungen und Rückfällen dem Tode näher, bis er erblasset. Aber was es auch sei, die Wurzel der Raserei in der Seele Anselmos ist nach unserm Gefühl nicht Natur genug: sie hat zu viel Studiertes, zu viel Kaltes. Und Ugolino – wir haben über ihn geredet; und überhaupt zuletzt wird der Dichter manches in Charakter, Situation, Leidenschaft anders verschmelzen müssen, als es jetzt ist: seine Meisterhand kann es allein.

Die Sprache ist oft zu blumenreich. Und wenn ich mich auch in italienische Denkart, in eine jugendlich feurige Einbildungskraft des Anselmo und in die Hitze der Leidenschaft als Zuschauer, nicht als Leser versetze, noch zu blumenreich. So biegsam oft der Gerstenbergsche Dialog, so stark und leicht sein Ausdruck ist: so unerwartet oft Wendungen und die Wendung des Gedankens der Sprache ist: so müßte oft ein Anselmo und Ugolino von Akteur, wenn er nicht Deklamateur sein wollte, ermatten. Hier ist beim zweiten gleichsam theatralischen Lesen mein Exemplar häufig angestrichen, was lohnt aber, das allgemeinhin zu sagen, wo mir der Raum fehlt, es im Einzeln vorzulegen. Ich wünsche dem Autor nicht einen kritischen Freund, sondern einen theatralischen Mitarbeiter von Geschmack, mit dem er, wie ein *Beaumont* und *Fletcher* zusammenarbeite: eine britische Bühne, wie sie in Deutschland noch nicht ist, und wer weiß? werden wird: und denn ein britisches oder griechisches Publikum!

Aus den theoretischen und kritischen Schriften

Der Text folgt den Ausgaben: Briefe über Merkwürdigkeiten der Litteratur. Hrsg. von A. von Weilen. Stuttgart 1890 (Deutsche Litteraturdenkmale des 18. und 19. Jahrhunderts 29/30) und H. W. von Gerstenberg: Rezensionen in der Hamburgischen neuen Zeitung 1767–1771. Hrsg. von O. Fischer. Berlin 1904 (Deutsche Literaturdenkmale des 18. und 19. Jahrhunderts 128). Orthographie und Interpunktion wurden behutsam den gegenwärtigen Regeln angenähert

BRIEFE ÜBER MERKWÜRDIGKEITEN DER LITERATUR (1766/67)

Vorbemerkung

Der wahre Geschmack ist ein einziger und wird in eben der Bedeutung angeboren wie das Genie. Diese Einheit und Festigkeit seiner Grundsätze aber schränkt seinen Gesichtskreis nicht ein, sondern erweitert ihn über das Genie aller Zeiten und Völker. Eben der Kenner, der die Ideen des Übertriebnen, des Dürren und Geradlinigten der ägyptischen Kunst von dem Zwange des ältesten hetrurischen und der Härte des erhabnen ersten griechischen Stils abzusondern und zu schätzen weiß, besitzt auch das Maß von Einsichten, die Grazie in den Gemälden des *Guido* wie in den Statuen des *Praxiteles* zärtlich zu lieben oder das höhere Ideal in den strengern Umrissen des *Raphael Urbino, Alcamenes* oder *Polycletus* mit verhältnismäßiger Begeisterung zu bewundern.

Der einheimische Virtuose wird immer mit dem treuen Eifer desjenigen kunstverständigen Begleiters zufrieden sein, der ihn auf fremde Schönheiten aufmerksam macht und seinen Begriffen eine nutzbare Ausdehnung gibt – nicht in der Absicht, ihm die Wahl oder Kopie zerstreuter Schönheiten zu erleichtern, sondern das Ideal, das in seiner Seele verborgen ist, wie auf einen sichern Fels zu stützen.

Eine andere haben die Herausgeber der gegenwärtigen Briefsammlung nicht gehabt, und es wird ihnen angenehm sein, wenn deutsche Leser das weite Feld ihrer Korrespondenz, an der sie weiter keinen Anteil haben, einem Garten ähnlich finden, zu dem die gesamte große Natur ihren Zins hergegeben hat.

Aus dem Versuch über Shakespeares Werke und Genie (14.–18. Brief)

Allerdings war er, auf den die stolzeste europäische Nation mit so vieler Eifersucht stolz ist, wohl wert, den Deutschen bekannter zu werden. Auf der Welt hätte sich kein bequemerer Zeitpunkt finden können als itzt, da sein Name in allen Zeitungsläden, wie der Mondschein in einem Dickicht, figuriert; und auf der Welt – Sie müssen mir nun schon eine Hyperbel lassen, die so viel Grund hat – hätte sich kein so wunderbarer Hodeget (fast hätte ich Pädagog geschrieben) für ihn finden können, als Hr. *Wieland*. Welch eine Erscheinung! Der Eine

> So voluble in his discourse – gentle
> As Zephyr blowing underneath the violet
> Not wagging its sweet head – yet as rough
> (His noble blood enchaff'd) as the rude wind
> That by the top doth take the mountain pine
> And make him stoop to th' vale –

und diesem jungen königlichen Capriccio zur Seite μέτριος, επιεικὴς, ἁρμόδιος τῷ βίῳ τό δὲ μέγισον δίπλους – mit *einem* Worte, der ernsthafte Herr *Wieland*, der nun *einmal* von seiner langen apathetischen Promenade hinter dem Gebirge *Jura* zum Vorschein kömmt und sich bald durch die unschuldigen Vergnügungen der Mythologie, bald durch die humorvolle Gesellschaft des Briten, *den man für unübersetzlich gehalten,* und so weiter, für die Strenge der vorigen Zeiten schadlos zu halten sucht. Zwar ist die Gewohnheit ein eignes Ding. Wer durch eine vieljährige Übung die Muskeln und Lineamente des Antlitzes in ihrer Lage zu erhalten, die Augen mit bedachtsamer Entzückung auf eine *Panthea,* die nicht ist noch sein wird, noch war, zu richten, die Ohren zu den klangvollen Hymnen des empyreischen Geisterreichs emporzuheben, plötzlich durchbrechen und ein *Gelächter* erzwingen soll: der mag sich freilich wohl die

Seiten lang genug kitzeln und eine saure Miene über die andere machen, wenn ihm die fremde Unternehmung so mäßig gelingen will.

Aber husch! was entschlüpft dir, Feder? Ich wollte mich an Ihrer Seite über die Seltsamkeit der Erscheinung wundern und stoße auf die Quelle, woraus unter den blumenreichen notis variorum seine Klagen in den curis et castigationibus propriis herfließen, murmelnde Klagen über Zweideutigkeiten, die ihm statt des Lachens ein starkes Kopfschütteln und mannigfaltige Achselverzuckungen erregen. Und pro Deum atque hominum fidem! wer könnte auch über Zweideutigkeiten in Worten lachen, wenn Zweideutigkeiten in Werken eine so ernsthafte Bedeutung haben?

Wie ist's? kann ich nie ordentlich von Hrn. *Wielanden* denken oder schreiben? Der Mann kreuzt in so labyrinthischen Mäandern umher, daß mir schwindelt, ihm nur nachzusehen.

Unter den vielen Fragen, die jeder Leser sich bei der Durchblätterung der *Wielandischen* Übersetzung des *Shakespeare* macht – alle Augenblicke zu machen genötigt ist –, scheint mir diese am schwersten zu beantworten, wie gerade derjenige, der schon so lange sollte gemerkt haben, daß es ihm an dramatischem Genie schlechterdings mangle (denn daß ihm die Talente zum Übersetzen mangeln, hat er uns schon bei Gelegenheit seiner *moralischen Briefe* glaubwürdig angezeigt), sich entschließen konnte, einen dramatischen Dichter zu übersetzen, bei dem man notwendig sein Augenmerk unverrückt aufs Theater, aufs *britische* Theater, auf theatralische Aktion und Stellung, auf comicam und tragicam vim und auf hundert andere Gegenstände richten muß, die Hrn. *Wieland* just so angemessen sind als einer seiner Welten der Sinn des Geruchs. Weiß er denn nicht, daß ein Schriftsteller – Übersetzer, Nachahmer, Original – eine gewisse bestimmte Absicht haben sollte, von der er weder zur Rechten noch zur Linken ausweichen darf? Zu welchem Ende hat er translatiert? – Zum Gebrauch der Kunstverständigen? – Zur Erweckung aufkeimender Genies? – Unmöglich! Teils konnte er das nicht, angeführter Mängel wegen, teils war es in diesem Fall an einer bloßen und dabei so sehr verstümmelten Übersetzung nicht genug. Zum Vergnügen sympathetischer oder unsympathetischer Leserinnen? Aber in diesem Falle mußten seine dicken Bände ja gelesen werden, und welche unter diesen hat den eisernen Mut, so viel dicke Bände zu lesen, deren größten Teil Herr *Wieland* selbst für Aberwitz erklärt und die durch die Ungelenkigkeit ihrer Schreibart, durch die Unweisheit und Mißhandlung des Übersetzers, durch die in ein plumpes Austernmensch verwandelte Grazie, dieser und einer noch ärgern Charakteristik vollkommen wert geworden? Rechnen Sie hinzu, daß das Werk durch und durch sichtbare Merkmale der Verdrossenheit an sich trägt, die dem Übersetzer nie Zeit gelassen, die bloß poetischen, geschweige die lyrischen Tiraden mit gehörigem Fleiße auszuarbeiten, und sagen Sie mir, was das kaltblütigste Publikum von einer, so zusammengesetzter Fehler wegen, mißlungenen Unternehmung denken soll? Doch, zu seiner Rechtfertigung sei es gesagt, er hat offenbar keine Absicht gehabt. Er hätte erst prüfen müssen, ob die Frage sei, den *Deutschen* ein lesbares Buch in die Hände zu geben – die Neugierigen mit einem Engländer – oder die Forscher des menschlichen Geistes mit einem der originalsten Köpfe in der Welt bekannt zu machen. Im ersten Fall ist jede Übersetzung noch immer zu wörtlich; im zweiten hätte er ihm seinen Charakter lassen, weniger an ihm stückeln und nicht z. E. bloß deswegen ganze Episoden auswerfen sollen, weil die Griechen nur von *einer* Haupthandlung wissen; im dritten war jede Wendung, jede Stellung, jede sonderbare und von dem gebahnten Wege abweichende Form des Ausdrucks, so spitzfindig, geziert oder gespielt er immer sein mochte, von großer Erheblichkeit.

Ich gerate, da ich diese Saite berühre, in Versuchung, etwas umständlicher mit Ihnen von meiner Bekanntschaft mit *Shakespearen* zu schwatzen.

„Es wird uns aber von *Wielanden* verschlagen" –

Was ist's mehr? Wir werden ihn auf einem Nebenwege schon wieder treffen.

Eine der vornehmsten Ursachen, warum Sh. selten, vielleicht niemals, aus dem rechten Gesichtspunkte beurteilt worden, ist ohne Zweifel der übel angewandte Begriff, den wir vom Drama der Griechen haben. Die wesentlichste Hauptabsicht einer griechischen Tragödie war, wie Sie wissen, Leidenschaften zu erregen, einer griechischen Komödie, menschliche Handlungen von einer Seite zu zeigen, von der sie zum Lachen reizten. Dazu kam bei jener die unzertrennliche Idee der Religion, die das, was bei uns bloß amüsiert, zur gottesdienstlichen Handlung machte, woran der Zuschauer geradesoviel Anteil nahm als der Akteur: eine kurze Anmerkung, die uns beiläufig die Unschicklichkeit der neuern Chöre erklären könnte. –

Ist dies wahr – ist die Erregung der Leidenschaften oder des Lachens die eigentliche Natur des griechischen Drama: gut! so werden Sie mir bald einräumen müssen, daß *Shakespeares* Tragödien keine Tragödien, seine Komödien keine Komödien sind noch sein können. – Ich verlange nichts mehr.

„Wie nun? *Shakespearen* die Erregung der Leidenschaften, die erste und wichtigste Eigenschaft eines Theaterskribenten, streitig zu machen? Was bleibt ihm übrig?" –

Der Mensch! die Welt! Alles! – Aber merken Sie sich, daß ich ihm die Erregung der Leidenschaften nicht streitig mache, sondern sie nur einer höhern Absicht unterordne, welche ich durch die Zeichnung der Sitten, durch die sorgfältige und treue Nachahmung wahrer und erdichteter Charakter, durch das kühne und leicht entworfne Bild des idealischen und animalischen Lebens andeute. Weg mit der Klassifikation des Drama! Nennen Sie diese *plays* mit *Wielanden* oder mit der *Gottschedischen* Schule Haupt- und Staatsaktionen, mit den *britischen* Kunstrichtern history, tragedy, tragicomedy, comedy, wie Sie wollen: ich nenne sie lebendige Bilder der sittlichen Natur.

„Und diese lebendigen Bilder der sittlichen Natur machen kein Ganzes aus, das auf den Hauptzweck des griechischen Drama abzielt?“

Nein.

„Desto schlimmer für *Shakespearen*! Ich stehe Ihnen dafür, daß er bei uns sein Glück nicht machen werde, wenn er so weit von unsern Begriffen der alten Muster entfernt ist.“

Welcher neuere Theaterskribent ist es *nicht*? Wenn *Crebillon* Äschylus, *Racine* Euripides, *Corneille* Sophokles sein soll; oh! so lassen Sie uns ja unsern *Geßner* nicht Theokrit nennen! so ist es *Deshoulières*, so ist es *Philips*, so ist es *Pope*!

Sie sehen wohl, daß ich hier nicht von Bewunderungen vorgeblicher Kenner noch von Grundsätzen wirklicher Kunstrichter, sondern bloß von dem Einflusse rede, den diese Bewunderungen und Grundsätze auf den ausübenden Teil gehabt haben. Und da wir *einmal* unleugbar den griechischen Virtuosen weder unter den Franzosen noch unter den Spaniern, weder unter den Italienern noch unter den Deutschen wiedererkennen; warum wollen Sie ihn gerade unter den Engländern suchen? Wenn irgendeine Nation nach ihrer eignen Art zu denken handelt, so ist es diese. Selbst *Benjamin Jonson*, der mit seinen Beobachtungen der Alten so sehr über *Shakespearen* siegzuprangen glaubte, folgte seinem persönlichen Ideal, da er zur Ausführung schritt.

„Sie leugneten vorher, daß *Shakespeare* seine sittlichen Gemälde dem Zweck eines Ganzen, das auf die Erregung der Leidenschaften abzielt, untergeordnet habe. Beweisen Sie mir das.“

Augenblicklich.

Zuvor aber verlange ich, daß wir uns über zwei Hauptdinge einig werden: *erstlich*, daß eine traurige Handlung an sich noch keine Tragödie mache, *zweitens*, daß das Tragische im Detail, durch das Resultat verschlungen, ein entgegengesetztes Ganze hervorbringen könne. Für jenes sind mir eine Menge großer und erschütternder Situationen in den histories unsers Dichters, die kein Engländer Tragikomödien, geschweige Tragödien, nennen wird, für dieses unzählige Tiraden in den sogenannten Komödien Bürge. Diese Unterscheidung könnte zweifelhaft scheinen, wenn sie nicht durch die übrigen Schauspiele, die sich der Tragödie mehr nähern, außer Streit gesetzt würde; und unter diesen sind *Lear, Macbeth, Hamlet, Richard III., Romeo* und *Othello* die entscheidendsten, deren Anlage offenbar der Natur des Charakterstücks weit näher als der tragischen Fabel kömmt. Im *Lear* haben wir den schwachen Kopf, den die Regierungsfehler seines Alters wahnwitzig machen; im *Macbeth* den Anfang, den Fortgang und das Ende des Königsmörders; im *Richard* den grausamen Usurpateur; im *Romeo* die raschen Aufwallungen der jugendlichen Liebe. Die Anlage des *Hamlet* mögen Sie mit der in der griechischen *Elektra* zusammenhalten. Ich begnüge mich, um mir den Vorwurf einer durchgängig für unschicklich erkannten Parallele, nämlich der Vergleichung *Shakespeares* und *Sophokles'* nicht zuzuziehen, einen Engländer mit dem andern zu messen – *Shakespearen* im *Othello* mit *Young* in der *Rache*. – Und das soll mit der nächsten Post geschehen; die heutige ist schon auf dem Sprunge. (14. Brief)

...

Mir ist kein Schriftsteller bekannt, der diese Leidenschaft tiefer überdacht und frappanter gemalt hätte als *Shakespeare.* Wenn ich hiebei die Weisheit erwäge, mit der er nach dem Charakter des *Othello,* eines sehr festen und gehärteten Geistes, kleine Ausnahmen von der vorgelegten Regel macht, die er dem ungeachtet wie mit einem zarten Fingerdrucke andeutet: ein Talent, das ihn beständig von allen übrigen Dichtern unterscheidet und welches gerade das nämliche Talent ist, was Lord *Kames* die Geschicklichkeit nennt, „jede Leidenschaft nach dem Eigentümlichen des Charakters zu bilden, die Sentiments zu treffen, die aus den verschiednen Tönen der Leidenschaften entspringen, und jedes Sentiment in den ihm eignen Ausdruck zu kleiden" – wenn ich dies und noch so vieles unter einen Sehepunkt bringe; so kann ich Ihnen schwerlich ganz beschreiben, wie sehr ich dieses Lieblingsgenie der mütterlichen Natur bewundere, liebe, mit Entzücken liebe.

...

Und Sie werden mir schon in der Beobachtung zuvorgekommen sein, daß der Zweck des Poeten nicht sowohl die Erregung des Schreckens und Mitleidens in dem Herzen der Zuschauer als vielmehr die Natur der Eifersucht selbst sei. So sind auch die auf die Erstickung der *Desdemona* folgenden Szenen offenbar viel schwächer als das Vorhergehende und tragen so wenig zu dem Hauptzwecke der *Tragödie* bei, daß sie die ersten Eindrücke nur lindern, anstatt sie zu verstärken.

Ich glaube also nicht zu irren, wenn ich meinen obigen Grundsatz wiederhole, daß die *Shakespeareschen* Werke nicht aus dem Gesichtspunkte der Tragödie, sondern als Abbildungen der sittlichen Natur zu beurteilen sind.

Zu diesen gehören nun freilich auch die Leidenschaften; und ich bin, wenn Sie wollen, der erste zu behaupten, daß niemand in den Leidenschaften größere Talente haben könne als *Shakespeare*. Ich glaube mit dem vorher angeführten Lord *Kames*, „daß die starke Natur, die man an den Stellen wahrnimmt, wo er die Leidenschaften wirken läßt und die sich in der feinsten Richtigkeit der Sentiments und des Ausdrucks zeigt, Lesern von der eingeschränktesten Fähigkeit in die Augen fallen müsse". – Ich glaube aber zugleich, daß dieses Talent nicht sein größtes noch vorragendes sei.

Und eben dies ist es, was ich, wenn ich einen Kommentar über *Shakespeares* Genie schreiben sollte, am meisten bewundern würde, daß nämlich jede einzelne Fähigkeit des menschlichen Geistes, die schon insbesondre Genie des Dichters heißen kann, bei ihm mit allen übrigen in gleichem Grade vermischt und in *ein* großes Ganze zusammengewachsen sei. Er hat alles – den bilderreichen Geist der Natur in

Ruhe und der Natur in Bewegung, den lyrischen Geist der Oper, den Geist der komischen Situation, sogar den Geist der Groteske – und das Sonderbarste ist, daß niemand sagen kann, diesen hat er mehr und jenen hat er weniger. (15. Brief)

Schade, werden Sie am Schlusse meines letzten Briefes gedacht haben, daß ein so vollkommnes Genie einen so fehlerhaften Geschmack haben mußte!

Und dreimal schade, setze ich hinzu, daß es nicht anders sein konnte, wenn wir ihn beständig nur auf uns und auf unser Jahrhundert beziehen. – Diese Chorde ist schon oft berührt. Da ich mir jedoch einbilde (wollen Sie mir ein so unbedeutendes Selbstlob wohl für eine Eitelkeit anrechnen?), daß nicht ein jeder *Shakespearen* so liest – noch vielleicht (immer eitler!) ein jeder ihn so lesen könne als Ihr Freund L.; so lassen Sie uns doch versuchen, ob sich über diese Materie nicht etwas sagen lasse, was just ein jeder *nicht* sagt.

Die Geschmacksfehler, die *Shakespearen* bei feinen und unparteiischen Lesern vornehmlich zur Last fallen, sind, nächst der Vernachlässigung des Kostüms, das Gezierte, Spitzfindige, Zweideutige und Übertriebne, das so oft die nativam simplicitatem seines gewöhnlichen Ausdrucks zu überschwemmen scheint. Über den ersten Punkt bin ich mit diesen Lesern gleich einig; er ist keiner Rechtfertigung fähig. In Ansehung des zweiten weiß *Pope* keine bessere Entschuldigung für ihn zu finden, als daß er „genötigt war, dem schlechtesten Teile des Volkes gefällig zu sein und in der schlimmsten Gesellschaft zu leben". – Der scharfsinnige Lord, den ich schon zweimal angeführt habe, ist der Meinung, „er habe weder in seiner eignen noch in irgendeiner lebenden Sprache ein Muster von Gesprächen vor sich gehabt, die sich fürs Theater geschickt hätten; wenn er irgendwo unter sich selbst falle, so sei es in Szenen ohne Leidenschaft; indem er da strebt, sein Gespräch über den Ton des gemeinen Umgangs zu erheben, verfalle er in verwickelte Gedanken und in einen dunkeln Ausdruck". –

Soviel ich von der Sache begreife, bedarf es keiner dieser Ausflüchte, sobald man sich in das Genie des Dichters setzt, das kein höheres Lob kannte, als die Natur eines *jeden* Gegenstandes nach den kleinsten Unterscheidungszeichen zu treffen. Seine *Wortspiele* legt er fast beständig nur dem *schlechtesten* oder *lustigsten* Teile seiner Theaterpersonen in den Mund, weil es dieser Klasse von Menschen, in allen Zeitaltern, vom *Aristophanes* und *Plautus* an, zur Natur geworden ist, sich diese Art des Witzes vorzüglich zuzueignen.

. . .

Der wichtigste Einwurf ist mir noch übrig – das Gezierte, Spitzfindige und Übertriebne der Diktion, welches der englische Kunstrichter dem Mangel eines Musters für den theatralischen Dialog beimaß.

Ich habe Lust, mich bei diesen drei Punkten ein wenig aufzuhalten, weil meines Erachtens sehr viel darauf ankömmt, ob sie bei unserm Dichter so wesentliche Fehler sind, als *Voltaire* uns bereden will. Wenn ich für deutsche Nachahmer schriebe, so würde ich mich freilich lange bedenken, wie ich dieser Untersuchung eine Wendung geben sollte, daß sie keinen schädlichen Einfluß haben möchte; aber Sie und ich können, Dank sei unserer Trägheit, den Reizungen der knidischen Venus zusehn, ohne das Schicksal des jungen Menschen zu befürchten, dessen *Lukian* erwähnt.

Es ist eine alte Anmerkung, daß jede Nation gewisse eigne Wendungen und Schattierungen in ihrer Sprache habe, die einer andern Nation fremde, zuweilen gar seltsam und affektiert vorkommen. – Diese alte Anmerkung, werden Sie sagen, gilt nichts in gegenwärtigem Falle: denn die gerügten Fehler sind es auch bei den Engländern. – Sehr wohl! Sie geben mir also doch zu, daß das, was *bloß* durch die Verdeutschung einen Anstrich des Fremden und Seltsamen erhält, aus der Rechnung ausgestrichen werden müsse; und wenn nun diese Verdeutschung gar eine *Wielandische* ist? – Doch davon nachher ein Mehrers.

Eine ebenso alte, aber nur selten gemachte Anmerkung ist diese – nicht, wie Sie vielleicht vermuten, daß jede Klasse von Menschen in einer Staatsverfassung (auch das ist wahr und wird mir zustatten kommen), sondern – daß jedes Stufenalter des menschlichen Lebens etwas besonders in der Art sich auszudrücken habe, das sich zum Teil auf die *Folgeherrschaft der Seelenkräfte* gründet.

Doch wohl hoffentlich eine wichtige Anmerkung? – noch wichtiger, wenn Sie sich erinnern, wie selten diejenige Reihe von Schriftstellern, deren Hauptobjekt die Natur ist, sie bei ihren Ausarbeitungen zu Rate gezogen haben? *Shakespeare* kannte sie und nutzte sie.

. . .

Eben den Unterscheid, den ich Ihnen in der Diktion der Stufenalter gezeigt habe, finden Sie auch in der Sprache der verschiedenen Stände so fein geschattet, daß Sie augenblicklich das Ideal eines Landmanns von dem Ideal eines Bauernknechts, dieses vom Kuhhirten, den Kuhhirten vom Schäfer, alle vier vom Handwerksmann oder Bürger, den Bürger vom Edelmann, den Edelmann vom Hofmann, den Hofmann vom Prälaten, den Prälaten von andern Geistlichen, den Gelehrten vom Ungelehrten, aller unzähligen mehr ausgemalten Charakter itzt nicht zu gedenken, augenblicklich in den kleinsten Zügen ihrer Art sich auszudrücken, erkennen können. Bei einer so sorgfältigen Beobachtung der Natur, bei einer so seltnen Richtigkeit in der peinture des détails, war es freilich notwendig, die Fehler und Auswüchse mit der Korrektion des Ausdrucks in gleichem Paare gehen zu lassen; und wer, ohne Rücksicht auf diese Bedingung, *Shakespearen* den Vorwurf einer übeln Wahl macht, zeigt ausdrücklich, daß er selbst nicht aufgeklärt genug sei, die verschiednen Gattungen der Nachahmung richtig auseinanderzusetzen.

„Gattungen der Nachahmung! – Wahl des Ausdrucks!" höre ich Sie mir zurufen. „Habe ich Sie endlich ertappt? Allerdings vermißt man die Wahl des Ausdrucks: denn was in einem solchen Grade die Natur selbst ist, wie kann das *schöne Natur* sein?" –

Sie sehen wenigstens, daß ich gerecht bin und keinen Zweifel vorbeilasse, der mit einigem Anscheine gemacht werden kann. Daß *Shakespeare* Begriffe von der schönen Natur gehabt habe, ist unstreitig. Er selbst sagt von der Kunst:

She tutors Nature; artificial strife
Lives in those touches, livelier than life;

und wieder anderswo:

– – – I have heard say,
There is an art, which in their piedness shares
With great creating Nature –

aber ebenso unstreitig ist es, daß er in seinen Begriffen einer Nachahmung der *schönen Natur* – ich will nicht sagen, von dem Geschmack der alten Griechen und einiger Römer (denn diese haben *hierin* fast einerlei Grundsätze mit ihm gehabt) – von unserm heutigen französierten Geschmacke unendlich abweicht. Machen Sie, wenn's Ihnen beliebt, ihm daraus ein Verbrechen; und verstatten Sie mir dagegen, weit mehr Vergnügen an jener zwangfreien Natur zu finden als an einer *sogenannten* schönen Natur, die aus Furcht, ausschweifend oder arm zu scheinen, in goldenen Fesseln daherschreitet. Say there be, antwortete *Polixenes,*

Yet Nature is made *better* by no man,
– – – – Over that art
Which, you say, adds to Nature, is an art,
That Nature makes –

und dies ihr *großes Kunststück* ist das Werk des Genies, das mich immer interessieren wird. (16. Brief)

Wie weit sind wir gekommen? – Ich habe mich bemüht, Ihnen einige Teile in dem Detail der Sh. Schreibart aus einem bessern Lichte zu zeigen, als woraus sie gemeiniglich von übersichtigen Lesern, die sich mit ihrem halben Geschmack blähen, betrachtet werden. Machen Sie hieraus den Schluß, daß ich alle Fehler dieses Dichters aus einer Art von Prädilektion verteidigen wolle; so sind Sie gerade in dem *Falle* derjenigen Kunstrichter, die ein Stück aus dem Ganzen herausheben und alsdann, im Schwindel ihrer eignen Vernünfteleien lächelnd, vom Straucheln reden.

Sie trauen mir, ich bin davon überzeugt, eine bessere Fähigkeit zu, das Tadelhafte von dem Untadelhaften zu unterscheiden; und nur mit Ihnen kann ich mich von Fehlern eines großen Mannes unterhalten, ohne zu befürchten, daß er dadurch verkleinert werde. Es gibt Stellen in den Werken dieses außerordentlichen Kopfs, die für uns schlechterdings abgeschmackt und unleidlich sind. Wenn Sie diese Stellen nicht alle der Verfälschung des Textes beimessen, welches allerdings ein sonderbares Vorurteil wäre; so sind Sie doch billig genug, die Entstehungsart derselben gelten zu lassen, die ich Ihnen, ohngefähr mit den Worten eines seiner Editoren, angeben will.

„Man hat angemerkt", sagt *Theobald*, „daß die Engländer, vermöge der Freiheit ihrer Staatsverfassung und eines vorzüglichen Hanges zur Spekulation, mehr Humoristen und eine größre Verschiedenheit von Originalcharaktern hervorbringen als irgendeine andere Nation. Da aber diese sich wieder auf das eigentümliche Genie eines *Zeitalters* beziehen, so muß eine unendliche Reihe von Dingen, worauf der Dichter anspielt, dunkel und unverständlich werden, sobald diese Charakter veralten. Witz beruht ferner auf der Zusammenhaltung der Ideen, die sich mit einer gewissen Leichtigkeit, Schnelligkeit, mit einer Art von Gedränge aneinanderreiben und angenehme Bilder, wie Funken, in der Seele zurücklassen: Daher muß ein Schriftsteller, sooft Witz sein Gegenstand ist, viele Materialien und in einem *weiten*

Umfange aufsuchen, und wenn dieser Schriftsteller gerade zu einer Zeit auftritt, in der eine wunderbare Affektation, gelehrt zu scheinen, herrschend ist, da man folglich vulgäre Ideen vermeidet und durch den ganzen Kreislauf der Wissenschaften umherschwärmt, um Bilder der Kunst und seltne Ähnlichkeiten zusammenzuhäufen: so muß er, falls er dem Geschmacke seiner Zeit nachgibt, notwendig von dem gebahnten Wege abgeraten und dem gemeinen Haufen der Folgezeit wie ein verwilderter Mensch vorkommen. Solchergestalt war die Poesie des *Donne,* ungeachtet er der witzigste Kopf seiner Zeit war, nichts als ein aufgehäuftes Magazin von Rätseln; und *Shakespeare* selbst verfällt bei aller Leichtigkeit seines Naturells nicht selten in diese fehlerhafte Manier. Noch eine andere Gattung der Dunkelheit fließt aus der ihm eignen Art zu denken und aus der ihm eignen Art, seine Gedanken einzukleiden. Er hatte eine allgemeine Kenntnis aller Scienzen: aber sie war mehr die Kenntnis eines Reisenden als eines Eingebornen. Kein Teil der Philosophie war ihm fremde: aber alles hatte für ihn die Reizungen und Stärke der Neuheit. Und da die Neuheit eine Quelle der Bewunderung ist, so sind seine beständigen Anspielungen auf die verborgensten Geheimnisse dieser Philosophie nicht sowohl ein prahlerisches Geziere als vielmehr eine Wirkung der bewunderten Neuheit. Hieraus entspringen diejenigen sonderbaren Wendungen des Ausdrucks, die man bei keinem andern Schriftsteller findet und bei denen man mit mehrerm Grunde auf *Shakespearen* anwenden kann, was *Addison* von *Milton* sagt: „Seine Sprache sinkt unter ihm; sie war dem Umfange seines Ideals nicht gewachsen. Er bildete neue Worte, um die Neuheit und Mannigfaltigkeit seiner Begriffe auszudrücken, und bediente sich der veralteten, um diesen Begriffen ein feierliches Ansehen zu geben."

Wollen Sie noch mit *Popen* die Fehler in Anschlag bringen, welche von den extemporierenden Schauspielern hineingelegt wurden, so bin ich auch damit zufrieden; und wir werden also ziemlich wissen, was wir von manchen Ungereimtheiten denken sollen, die den meisten Lesern so anstößig und unverdaulich sind.

Ich glaube mich lange genug bei Worten aufgehalten zu haben. Folgen Sie mir itzt in die höhern Gegenden der Komposition, deren Fruchtbarkeit oder Unfruchtbarkeit unsere Meinung von seinem *Geschmacke* zu seinem Vorteile oder Nachteile entscheiden muß.

Sie erinnern sich, daß ich Ihnen bereits zugegeben habe, *Shakespeares* Drama sei nicht das Drama der Alten und könne folglich keine Vergleichung dieser Art dulden. Dies hindert aber nicht, daß dieses *Shakespearesche* Drama gewisse Grundsätze mit dem *griechischen* gemein haben könne, die aus der Natur eines Ganzen herzuleiten sind.

Die Gattungen der dramatischen Komposition, deren *Polonius* im *Hamlet* erwähnt, waren tragedy, comedy, history, pastoral, pastoral-comical, historical-pastoral, scene undividable und poem unlimited. – Diese Einteilung ist kritisch; und wir können nach ihr die Stücke unsers Dichters in folgende Klassen abteilen:

I. *Tragedy.* Macbeth. King Lear. Hamlet. Othello. Cymbeline. Timon of Athens. Troilus and Cressida. Romeo and Juliet.

II. *History.* Henry IV., Part I. II. Henry V. Richard III. King John. Henry VIII. Richard II. Henry VI., Part I. II. III. Julius Caesar. Antony and Cleopatra. Coriolanus. Titus Andronicus.

III. *Comedy.* Merry Wives of Windsor. Measure for Measure. Twelfth-Night. Much ado about nothing. As you like it. All's well that ends well. Two Gentlemen of Verona. Taming of the Shrew. Comedy of Errors. Merchant of Venice.

IV. *Pastoral.* Tempest. Midsummer-Nights-Dream.

V. *Pastoral-comical.* Winter's Tale.

VI. *Historical-pastoral.* Love's labour's lost.

Den *Sturm* und *St. Johanns-Nachts-Traum* werfe ich in

die Klasse der Pastoral, weil ich nicht weiß, wo ich sie eigentlich hinbringen soll, da sie sich fast ganz der Natur der Oper nähern. *Poem unlimited* ist das Geschlecht, wozu sie ziemlich alle gehören: allein was meint *Shakespeare* mit dem, was er scene undividable nennt? Ich müßte mich sehr irren, wenn wir hier nicht das Drama der Alten wiederfänden, das sich auf die Einheit des Orts gründet, das folglich zu *Shakespeares* Zeiten nicht unbekannt war, sondern nur von einer andern Seite betrachtet wurde, als von der wir es betrachten, wenn wir es für die Regel des *Sophokles*, für die höchste Art der Komposition, für das, was *Laokoon* in der Bildhauerei ist, halten und demselben den obersten Standort anweisen, dem alle andere untergeordnet sein müssen.

... (17. Brief)

Ein Haupttalent unsers Dichters als Virtuosen ist der ungezwungne Vortrag seines Subjekts oder die Kunst zu präparieren, die ihm mancher Franzos beneiden möchte. Sie werden mir kein einziges Stück von ihm zeigen können, das eine so unvernünftige Vorbereitung hätte, als z. E. *die doppelte Verkleidung des Saintfoix.* Seine Entwickelungen sind auch fast durchgehends dem Theater recht gut angemessen, wenn sie gleich dem Leser nicht immer Genüge tun. Das stumme Spiel ersetzt in diesem Fall, was der Lektüre abgeht; und das einzige Stück, wobei Herr *Wieland* dem Dichter den Vorwurf macht, daß er schlecht entwickle, ist gerade eins der bestentwickelten, weil der Dichter das Resultat der Verwirrungen, die die ersten vier Akte interessant machten, in den fünften Akt konzentriert, und, ohne den Knoten zu zerhauen, dem Faden nachgeht, der ihn ganz natürlich bis ans Ende führt. Daß dieses Lob nicht von allen seinen Schauspielen, am wenigsten von denen, gelte, die an der Natur eines *Divertissement* grenzen, räume ich gerne ein; nur daß man ihm hier eine Kleinigkeit nicht zum Hauptfehler anrechne und beständig die Anmerkung vor Augen habe, daß eine sorgfältige Entwickelung, die auch keine Nichtswürdigkeit unentschieden lassen will, den Zuschauer notwendig weit mehr empören müsse, als eine, die ihm noch etwas zu erraten gibt oder wenigstens durch die unerwartete Neuheit hinzugekommener Inzidenzen seine Aufmerksamkeit im Gange erhält.

Ich habe meinen Endzweck erreicht. Ich habe gezeigt, daß es *Shakespearen* nicht an *dramatischer Kunst* fehlt, wo Kunst erfodert wird; und wer sie da sucht, wo sie ohne Nachteil des Interesse fehlt, z. E. in den *historischen Schauspielen,* streitet nicht mit mir.

Von diesen historischen Schauspielen sollte ich noch etwas beibringen. – Sie sind die roheste Gattung der dramatischen Kunst; aber sie haben von einer andern Seite große und unleugbare Vorteile für das dramatische Genie. Ich möchte sie der Nachahmung nicht anpreisen; ich will nur das Gute von ihnen sagen, was sich ohne Parteilichkeit nicht verschweigen läßt.

Nirgends ist der Dichter der Gefahr zu ermüden mehr ausgesetzt, als wo ihm die Bequemlichkeit fehlt, sich auf die Kunst zu stützen: eine Hauptursache, warum alle Arten von Gedichten, deren Ganzes eine fortdauernde Beschreibung ist, auch bei den höchsten Schwüngen der Imagination mißfallen.

Ein Theaterskribent, der eine wohlgewählte und an sich selbst schon rührende Fabel hat, der dieser Fabel noch durch Hülfe eines vortrefflichen Plans, an welchem alles frappiert, eine neue Stärke zu geben weiß, hat schon mehr als die Hälfte seiner Arbeit vollendet. Er darf der Skizze nur mit Pinsel und Palette folgen; wenn er sich im Detail auch nur mäßig anstrengt, so ist er doch sicher, daß das Ganze rühren werde; und er müßte ein ungemeiner Kunstverderber sein, wenn er den Eindruck schlechterdings verfehlen sollte, der schon in der bloßen Erfindung und Zusammensetzung so wirksam ist.

Der Dichter der *Historie* (verstatten Sie mir dieses Kunstwort des alten britischen Theaters) findet sich von allen diesen Hülfsmitteln entblößt. Er muß seine Geschichte nehmen wie sie ist; wenn er seine Charaktere nicht gut anzuordnen, ihnen nicht durch die *Abstechung* eine pittoreske Wirkung zu geben weiß, wenn er nicht einen Schatz von neuen, richtigen, anziehenden Beobachtungen des menschlichen Lebens in sich selbst hat, wenn er die Geschichte nicht mit den stärksten Frescozügen zu treffen weiß, wenn die Zeichnung der Umrisse nicht das Leben selbst atmet: wie will er uns verargen, wenn wir gähnen? Dies ist Kunst von einer andern Art, und durch diese Kunst unterscheidet sich das *Shakespearesche* historische Drama von jenen Haupt- und Staatsaktionen, die unsre Großväter den ältesten Briten abgeborgt haben.

„Körper", sagt ein witziger Engländer, „scheinen uns desto gigantischer, je regelloser sie gebauet sind" – und argwohnt, daß wir die Größe des *Shakespeareschen* Genies nach einem zu großen Maße ausmessen.

Ich will itzt den wunderbaren Einfall, die Größe eines Genies nach dem Umfange der Zeiten, Örter und Handlungen zu schätzen, nicht rügen: Lassen Sie uns aber dieses Gigantische, diese Regellosigkeit, diese bis zum Ekel verschrieene Wildheit ein wenig näher betrachten.

Das Ärgste, was man von dem Dichter sagen kann, ist, daß er mit dem Epitomator einer Geschichte einerlei Grundsätze habe, daß seine Vorstellungen, mit *Hamlet* zu reden, the abstract and brief chronicles of the time sind.

Allein ist das alles? Hat *Shakespeare* wirklich keinen weitern Endzweck, als bloß ein großes Stück nach dem andern aus der Geschichte herauszuheben und den Klumpen, so wie er da ist, den Zuschauern vorzuwerfen? – Ich muß mich plump ausdrücken, wenn ich mich in die Ideen dieser Kunstrichter versetzen soll. – Ist das im Ernste alles?

Ich finde es nicht. Ich sehe durchaus ein gewisses Ganze, das Anfang, Mittel und Ende, Verhältnis, Absichten, kontrastierte Charakter und kontrastierte Gruppen hat.

Im *Richard II.* sehe ich den Streit der schwachen königlichen Würde mit der Stärke und List der Konspiration. *Bolingbroke* auf der einen, *Richard* auf der andern Seite: welch ein Kontrast! In der Abstufung der ihnen untergeordneten Charakter, welch eine Mannigfaltigkeit! Wie arbeitet alles zu *einem* Hauptzwecke, dem Verderben des Königs, das doch so bald auf das Haupt der Verräter selbst zurückfällt! Hier ist der Spiegel des menschlichen Herzens. Die Lektion würde für den Untertan nicht so groß sein, wenn der Dichter bei der Einheit einer Haupthandlung stehengeblieben wäre, ohne die unausbleiblichen Folgen auf alle teilnehmende Personen mitzunehmen.

Bolingbroke ist König; der arme, zu spät bedauerte *Richard* ist nicht mehr; *Bolingbroke* ist *Heinrich IV.* Seine Freunde, die ihren Rücken willig vor ihm geschmiegt, ihn voreilig genug auf ihren Schultern zu dem hohen Kranze emporgehoben hatten, sind itzt seine verschwornen Feinde. Eine fürchterliche Kabale! Welch ein Gegenbild in den *beiden Hauptgruppen*! *Hotspur, Douglas* und *Glendower,* Helden von unbezwinglichem Mute, auf der einen und der ausschweifende *Prinz von Wales* mit seinen lüderlichen Gefährten auf der andern Seite. Nichts ist in diesem kühnen Gemälde überflüssig; der Schatten, den die Wildheit des Prinzen und seiner Kameraden auf seine Geburt und seinen persönlichen Charakter wirft, erhebt die Größe seiner bessern Handlungen und zeigt den jungen *Harry Percy* in einem desto glänzendern Lichte. Der Dichter würde seinen Endzweck verfehlt haben, wenn er auf einem weniger dornichten Wege einhergetreten wäre.

Die Königin *Elisabeth,* nicht der Pöbel, wie Herr *Wieland* vermutet, fand an diesem Gemälde so viel Vergnügen, daß sie *Shakespearen* auftrug, die nämlichen Situationen noch einmal auf die Bühne zu bringen; und so ward der zweite Teil K. *Heinrichs IV.* der Pendant zu dem erstern, der mit diesem gleiche Anlage und gleiche Wirkungen hat.

Julius Cäsar ist ein Drama von eben der Gattung. Käme

es hier bloß auf den Tod des Usurpateurs an, so würde er der vorragende Charakter des Stücks sein; *Shakespeare* aber brauchte ihn nur zur Basis, um die Schicksale seiner Mörder auf seinen Fall zu gründen; und nichts kann treffender sein, nichts zu lehrreichern Beobachtungen veranlassen, als das Unglück, das die Verschwornen wie auf der Ferse zu verfolgen scheint, in diesem und dem damit verbundnen Drama *Antonius und Cleopatra*, nach der Anführung des Dichters zu übersehen. Was ist hier gigantisch? was wild? was unförmlich? Ich sehe hin und her und erblicke nichts als – die Kleinfügigkeit seiner Kunstrichter.

Dehnen Sie diese Anmerkung, wenn es Ihnen gefällt, auch auf die übrigen historischen Stücke unsers Dichters aus. Sie werden beständig eine malerische Einheit der Absicht und Komposition beobachten, zu der alle Teile ein richtiges Verhältnis haben und die eine Anordnung zu erkennen geben, welche, von dieser Seite betrachtet, dem Künstler ebensoviel Ehre machen, als die vortreffliche Zeichnung der Natur dem Genie.

Man muß *Shakespearen* folgen können, um ihn zu beurteilen. – Wer im *König Lear* nichts sieht als den Narren, dem sei es erlaubt, mit einem sneer abzufertigen, was ihm drollicht scheint. Ich für meine Person bewundere den Dichter, der uns den schwachen Verstand dieses Königs durch den Umgang mit einem der elendesten Menschen so meisterhaft abzubilden weiß, und es befremdet mich nicht mehr, daß die *Engländer* diese Szenen, anstatt eines dummen Gelächters, mit mitleidigem Schauer über den Verfall und die Zerstörung des menschlichen Geistes betrachten. *Voltaire* mag immerhin über das Komische spotten, das er in den Liedern der Totengräber beim *Hamlet* wahrnimmt. Ich finde hier nichts Komisches. Der Umstand, daß diese Leute unter lauter Totenköpfen und Schädeln singen können, erhöht in mir das Tragische des Anblicks. Die Hexen im *Macbeth* scheinen *Wielanden* etwas Abgeschmacktes; mir scheinen sie ein glückliches Ideal zu sein, das mit dem grauenvollen Begriffe des

Königsmörders und der rauhen Szene dieser Begebenheit in naher Verwandtschaft steht. Als *Shakespeare* die Idee eines solchen Mörders in seinem Genie hin- und herwandte, mußten notwendige fürchterliche Bilder daraus hervorspringen, die er, wie wir wissen, mit großem Beifall seiner Landsleute einzuflechten gewußt.

... (18. Brief)

Von der Natur des Liedes. – Vom poetischen Genie (aus dem 20. Brief)

...

„Ich muß Ihnen also voraus sagen, daß die Theorie der lyrischen Dichtkunst meines Erachtens unter allen Theorien eine der mangelhaftesten sei. Die Frage: *was kann gesungen werden?* haben unsere Kunstrichter vorlängst beantwortet; auch ist nichts leichter zu sagen, als daß Wahrheiten und Träume, Ernst und Scherz, Lob und Tadel, Einsamkeit und Gesellschaft, Liebe und Unempfindlichkeit, Freundschaft und Zwietracht, Freude und Leid, Glück und Widerwärtigkeit, ein jedes Alter, ein jeder Stand der Menschen, was wir wissen und empfinden, mit einem Worte, *fast alles* unter das Gebiet des Liedes gehöre. Nur auf die Frage: *wie sollen alle diese Dinge gesungen werden? und wodurch werden sie das bestimmte Subjekt des Gesanges?* bemerkt man ein tiefes Stillschweigen. Es ist hier nicht genug, zu sagen: weil die lyrische Poesie zum Singen gemacht, die Musik aber ein Ausdruck der Empfindungen durch *unartikulierte* Töne sei; so müsse die lyrische Poesie ein Ausdruck der Empfindungen durch *artikulierte* Töne oder Worte sein. Nicht ein jeder Ausdruck der Empfindungen ist *sangbar*, und das Verhältnis der Empfindungen zum Gesange ist von den Empfindungen selbst sehr unterschieden. Noch weit weniger wahr ist es, wenn jemand spricht, die lyrische Poesie könne als eine Poesie beschrieben werden, die die Empfindungen ausdrückt;

man dürfe nur eine singende Versart hinzutun, so habe sie *alles*, was zu ihrer *Vollkommenheit* nötig ist. Was sollte jemanden, der nicht durch die Gewalt des Vorurteils, der Gewohnheit oder wohl gar nur durch den Bewegungsgrund jenes Müßiggängers beim *Dryden:*

He whistled as he went, for want of thougt;

verführt wird, was, sage ich, sollte ihn wohl veranlassen, folgende *Ausdrücke* der Empfindungen im lyrischen Silbenmaße lieber zu singen als zu lesen oder zu rezitieren?

Und fehlten dir der Schönheit holde Gaben,
So machte mich dein seltner Geist beglückt;
Und solltest du so feinen Witz nicht haben:
Mich hätte doch der Glieder Pracht entzückt.
Der reiche Geist, die göttliche Gestalt
Ward dir vertraut, zu leben und zu lieben.
Geliebtes Kind, tot werd ich mich betrüben,
Wenn nicht dein Blut für mich aus Liebe wallt.

Komm an den freundlichen Kamin!
Mit unsparsamer Hand
Türm ich den jungen Buchenwald
Zu hellen Flammen auf.

Diese und unzählig andere Stellen können ihre großen Schönheiten haben: aber der Begriff eines Liedes scheint mir auf eine sehr zufällige Art damit verbunden zu sein. Ich will Ihnen ganz ungezwungen sagen, worin meiner Meinung nach, und sofern ich die Sache begreife, der Mißverstand bestehe und woher er entsprungen sei.

Die Musik kann und muß nur allgemeine Ideen ausdrükken, und diese Ideen müssen Empfindungen sein. In der Rhapsodie des zweiten Teils der *Krause- und Ramlerischen Odenmelodien* hören Sie den Tritt der Elephanten, das Gemurmel der Bäche, den Gesang der Nachtigall, sogar das Wallen der Saaten. Spielen Sie das Ganze ohne die darunter geschriebene Erklärung; und Sie haben nichts gehört. Es ist ohne Charakter, es ist lauter Detail. Im höhern oder geringern Grade ist dieser Fehler allen übrigen Singstücken der nämlichen Gattung eigen, je nachdem sie sich mehr oder weniger von dem allgemeinen Hauptone der Leidenschaft entfernen.

Folglich drückt sich nicht jeder *Gegenstand* der Empfindung durch den Gesang aus; sondern die Empfindung selbst, in welche die verschiedenen Gegenstände zusammenfließen, löst sich in Töne auf und wird der simple und einfache Gesang der Natur. Das Schmachten der Liebe, ihre Schmeicheleien, ihre Schmerzen, ihre Wallungen usw., das Objekt mag ein schönes Mädchen oder eine Weinflasche sein! – nicht die darin konzentrierten und untergeordneten Begriffe! –

Prüfen Sie nach dieser Idee unter andern unsere heutigen Opernarien, und Sie werden sich sogleich eine Ursache angeben können, warum Ihnen die wenigsten, bei aller Schönheit der Melodie und bei der reichsten Fülle der Harmonie, einige Genüge tun: merken Sie aber zugleich, daß ich den Gesang, der ein bloßer Ausbruch der Empfindung ist, von melodischen Gängen unterscheide, die nur ein rhythmisches und wohlklingendes Schema der Rezitation und Deklamation enthalten. Diese sind nichts als die schöne Natur der menschlichen Töne beim Ausdruck aller Arten von Begriffen – sind dem, was ich vorher den Gesang der Natur oder die unmittelbare melodische Sprache allgemeiner Empfindungen nannte, so wenig wesentlich – und hangen so sehr von Nationalsprachen ab, daß sie sich wirklich, wie schon *Addison* angemerkt hat, auf mehr als eine Art erklären lassen und dem Herzen, überhaupt genommen, ganz unverständlich werden. Zu dieser deklamatorischen Art des Ausdrucks gehören die Melodien auf alle diejenigen Lieder, in denen der einfache Hauptton der Empfindung nicht herrscht, den ich von einem wahren Liede, so wie die Natur dasselbe hervorbringt, erfordert habe. Der Gesang ist hier also eine bloß willkürliche Begleitung und kann es in eben der Bedeutung auch für Epopöen, Tragödien, Komödien, didaktische Gedichte, landschaftliche Gemälde und dergleichen sein. Ich frage Sie aber, wenn von derjenigen Gattung des Liedes die Rede ist, die der Geschmack par excellence von andern Arten der Dichtkunst unterscheidet, ob es erlaubt sei, diesen Begriff so weit auszudehnen? Wenigstens haben wir dem Mangel oder, wenn Sie es lieber so nennen wollen, der Nachsicht des Geschmacks in diesem Punkte viele der unbestimmtesten und schlechtesten Liedermelodien beizumessen; und ich leite die Überschwemmungen mittelmäßiger lyrischer Dichter aus *eben* der Quelle her."

Aber so bringen Sie uns ja auf einmal um mehr als die Hälfte unserer witzigsten und reizendsten Lieder, die bisher mit Recht für Meisterstücke der lyrischen Dichtkunst sind gehalten worden? –

„Gar nicht! Sie können immer sehr vortrefflich sein, wenn sie gleich im eigentlichen Verstande keine Lieder sind. Ich habe auch nicht das geringste dawider, wenn Sie diese Poesien *singen* wollen. Nur müssen Sie mir einräumen, daß Sie sich alsdann etwas ganz anders bei einem Liede denken als ich und daß ich nach meinem Begriffe befugt sei, viele Lieder in der Berlinischen Sammlung für keine Lieder zu erkennen. Meine Grundsätze sind übrigens bei weitem so neu oder sonderbar nicht, als sie Ihnen vielleicht itzt scheinen mögen. Der *Guardian* hatte schon empfunden, daß die *Franzosen gar oft Lieder und Sinngedichte miteinander verwechseln;* und Vater *Hagedorn* bestätigt dieses, indem er sagt, *daß die zu epigrammatischen und zu sinnreichen Einfälle des spielenden Witzes dem Charakter der Oden und Lieder zuwider sind.* Eine noch wichtigere Instanz ist mir der Ausspruch Herrn *Klopstocks,* der zufolge die Lehrode den Charakter des geistlichen Liedes aufhebt. Die ihm widersprochen haben, bewiesen, daß sie ihn nicht verstanden. Stellen Sie sich eine Gemeine von hundert Personen vor, deren jede auf folgende Art singt:

Du klagst, o Christ, in schweren Leiden
Und seufzest, daß der Geist der Freuden
Von dir gewichen ist.
Du klagst und rufst: Herr, wie so lange?
Und Gott verzeucht, und dir wird bange,
Daß du von Gott verlassen bist.

– – –

Zag nicht, o Christ, denn deine Schmerzen
Sind sichre Zeugen bessrer Herzen,
Als dir das deine scheint.
Wie könntest du dich so betrüben?
usw.

Ist nicht die erste Anmerkung, die man machen muß, diese? *Wer ist denn der Christ, den alle diese Leute auf einmal ansingen? Wer ist der Lehrende? Wer der Lernende? Und wenn jeder einzelne Sänger niemand als sich selbst meint, wozu eine so wunderbare Wendung?* – Die gleiche Anmerkung findet bei allen Arten von Liedern statt, die bloß Lehren vortragen; und *Klopstock* behauptet also mit Recht, daß *diese Lehren* nicht Sentenzen, sondern Empfindungen sein sollen.

Lassen Sie mich aus meinen Grundsätzen noch eine Folgerung auf die höhere Ode ziehen. Sie äußert sich nicht durch einfache, sondern durch begeisterte und eben darum zusammengesetzte Empfindungen, welche eine symmetrische Strophenmelodie auszuschließen scheinen. Der Gesang muß inzwischen ihr herrschender Ton sein, und darum ist ihr nichts so sehr zuwider als familiärer Ausdruck und Wendungen der Prose. *Horazens* carmina sind mehrenteils wirkliche Oden; seine *Epoden* hingegen sind nur sermones im lyrischen Silbenmaß.

. . .

Sie sehen, was man alles zur Klasse der Lieder hinüberziehen kann, wenn man will. Können Sie noch in dem Wahne beharren, daß etwas dadurch lyrisch werde, weil man es singt?“

Sie machen mich wirklich zweifelhaft, versetzte ich; aber doch werde ich mir nicht getrauen, einen Grundsatz anzunehmen, der, anstatt das Gebiet der lyrischen Dichtkunst zu erweitern, dasselbe nur noch mehr einschränkt. Sie wissen, was man gegen Grundsätze dieser Art eingewandt hat. –

„Ich bedaure“, antwortete er mir mit einem Achselzucken, „daß ich nicht gelehrig genug bin, mich nach diesem Gesetze zu bequemen. Meine Absicht ist nicht, Ihnen ein System daherzumachen; ich erzähle Ihnen ganz offenherzig, wie ich die Sache empfinde und was das Resultat meiner Untersuchungen gewesen ist. Daß man, um die Poesie nicht ärmer zu machen, als sie schon ist, ihr gewisse Principia angedichtet hat, nach denen sich auf die ungezwungenste Art von der Welt alles zu einem Gedicht machen läßt, was eine poetische Sprache hat – das ist nicht meine Schuld! Wenn ich einen Beruf empfände, mich in die Streitigkeiten der Kunstrichter einzumischen; so würde ich vielmehr recht sehr darauf bedacht sein, alle die unechten Gattungen, die man von *Aristoteles* Zeiten an bis auf die unsrigen zur Dichtkunst herübergezerrt hat, eine nach der andern wieder herauszuwerfen, und ich gestehe Ihnen, daß wenig übrigbleiben würde.“

Sie erregen meine Neubegierde. –

„Sie wollen mich zum Kritikus machen – Ich bin keiner. – Aber ich kann frei mit Ihnen reden, wenn ich mich gleich irren sollte. Ihnen also die Wahrheit zu gestehen, ich glaube, daß man den Scheideweg, wo sich das *dichterische* Genie (denn nur dieses ist mein großes Principium) von dem *schönen Geiste* oder bel esprit trennt, noch nicht aufmerksam genug untersucht habe. Deutlicher – ich glaube, daß *nur* das Poesie sei, was das Werk des *poetischen* Genies ist, und alles übrige, so vortrefflich es auch in jeder Absicht sein möge, sich diesen Namen mit Unrecht anmaße, wenn es auch die *Tragödie* selbst wäre.“ –

Ich stutzte! – Ich hatte nicht gedacht, daß er so weit gehen würde. –

„Ich sehe Ihnen Ihre Befremdung an“, fuhr der *Biblio-*

thekar fort; „aber hören Sie mich nur aus; ich bin nicht willens, große Köpfe zu degradieren; ich bemühe mich bloß, ihre Laufbahn, zu meinem eignen Unterrichte und zur Erleichterung meiner Erkenntnis, auf einem sehr dornichten und labyrinthischen Felde, auszuzeichnen und zu bestimmen."

Erst sagen Sie mir, fiel ich ihm ins Wort, was Sie unter *Genie* verstehen.

„Nicht das", antwortete er, „was Sie in den Abhandlungen des Herrn *Sulzer* und der beiden *Ungenannten* in der *Berlinischen Sammlung vermischter Schriften* und den *Breslauischen Beiträgen*, die übrigens alle recht gute Anmerkungen enthalten, darüber disputiert finden. Was diese Gelehrten *Genie* nennen, ist bloß *bestimmte Fähigkeit* und unzulänglich, das Werk des *Genies* von Meisterstücken großer Köpfe *ohne Genie* zu unterscheiden."

Dies letzte verstehe ich nicht.

„Vermutlich darum nicht, weil Sie gewohnt sind, die Wörter *Genie, großer Kopf, schöner Geist, Meisterstück* usw. miteinander zu verwechseln. Beispiele werden Ihnen das Rätsel auflösen. *Ben Johnson, Corneille, Virgil* waren *große Köpfe*, machten *Meisterstücke*, und hatten kein *Genie. Shakespeare*, ein *Genie*, machte selten *Meisterstücke* und war kein *schöner Geist*: ein Wort von französischem Ursprunge, mit dem wir den Begriff eines *feinen Geschmacks* zu verbinden pflegen."

Sie scheinen das Wort *Fähigkeit* anders zu verstehen als ich. Ich habe Fähigkeit immer für den allgemeinen Namen gehalten, dessen Bestimmungen Genie, Gedächtnis, Geschmack etc. sind.

„Sie haben ein Recht gehabt, das darunter zu verstehen, was man oft darunter versteht. Da aber *Fähigkeit* noch öfterer in der engern Bedeutung gebraucht wird, kraft deren sie *im gemeinen Leben* für Genie gilt; so glaube ich an meiner Seite befugt zu sein, diese beiden Begriffe wieder zu unterscheiden, weil das, was ich unter Genie verstehe und was man in der Kunst darunter versteht, etwas ganz anders ist, als was man gewöhnlich Genie nennt. Denn wenn alle die Leute Genies wären, die man in der Sprache des Umganges dazu macht, so gäbe es fast ebensoviel Genies als Köpfe. Die französische Sprache deutet daher einen Unterschied an, unter Genie *haben* und ein Genie *sein*; und ich hätte gewünscht, daß die Verfasser der obgedachten Abhandlungen diesen Unterschied etwas tiefer erwogen und zugleich bedacht hätten, daß man nicht zu wissen verlangt, was Genie unter dem Volke, sondern was es als ein Kunstwort bedeute."

Was ist denn Genie?

„Warum sind Sie so dringend? – oder vielmehr, warum verlangen Sie etwas von mir zu wissen, was ich und niemand Ihnen sagen kann, solange unsere Psychologie sich noch mit der Oberfläche der Seele beschäftigen muß? Derjenige ist gemeiniglich am bereitwilligsten, Erklärungen und deutliche Begriffe darzubieten, der die Schranken seiner Einsicht am wenigsten fühlt; und wir sind voreilig genug, aus den Phänomenen auf die Ursachen und Triebfedern zu schließen, da wir doch über den innern Mechanismus der Seele, wenn ich mich so ausdrücken darf, in der blindesten Unwissenheit tappen. Was weiß ich's, wie es der Imperator macht, wenn er in dem Augenblicke, da seine Schale zu steigen anfängt, da sein Leben selbst in Gefahr ist, da seine Legionen von allen Seiten mutlos zurückgetrieben werden und Tod und Schande und Verderben die einzige traurige Aussicht vor und hinter ihm scheint; wenn er, sage ich, in diesem Augenblick aus dem untreuen Glücke, das ihm den Rücken zukehrt, seine Maschine zu machen, die Retraite seiner Soldaten zu einem neuen Plane des Angriffs anzuwenden weiß und seinen Feind schlägt, noch ehe derselbe sich bereden kann, er sei *nicht der Sieger*. Ich begreife wohl, daß dieser Mann eine bewundernswürdige Beurteilungskraft besitzen; daß seiner Seele alle mögliche Arten der Stellungen und Ordnungen, wie in einem Winke, gegenwärtig sein; daß er den schnellesten Witz, die lebhafteste Erfindungskraft, das unerschrockenste Herz haben müsse, um da, wo zwo Minuten zu früh oder zu spät sein unvermeidlicher Untergang sind, den einzigen denkbaren Vorteil zu ergreifen, der das Übergewicht auf seine Seite ziehen könne. Allein, ich kann in seine Seele nicht hineinschauen. Ich weiß nicht, wie ihre Kräfte gespannt sind; nicht, worin die Harmonie bestehe, die so erstaunliche Wirkungen hervorbringt. Nur das weiß ich, daß ich diesen Mann ein Genie nenne; und ich fürchte nicht, zu irren, wenn ich mich gleich ebensowenig getraue, von der innern idealischen, d. i. höchsten, Schönheit des Genies eine Definition zu geben als *Winckelmann* von der äußern Schönheit der körperlichen Bildung."

Ich erinnere mich dieser Stelle nicht mehr.

„Sie steht in seiner Geschichte der Kunst und verdient, daß ich sie Ihnen ganz vorlese.

> ‚Die Schönheit erfordert eine allgemeine Abhandlung, in welcher ich mir und dem Leser ein Genüge zu tun wünschte: aber das ist auf beiden Seiten ein schwer zu erfüllender Wunsch. Denn die Schönheit ist eine von den großen Geheimnissen der Natur, deren Wirkung wir sehen und alle empfinden, von deren Wesen aber ein allgemeiner deutlicher Begriff unter die unerfundenen Wahrheiten gehört. Wäre dieser Begriff geometrisch deutlich, so würde das Urteil der Menschen über das Schöne nicht verschieden sein, und es würde die Überzeugung von der wahren Schönheit leicht werden: noch weniger würde es Menschen, entweder von so unglücklicher Empfindung oder von so widersprechendem Dünkel geben können, daß sie auf der einen Seite sich eine falsche Schönheit bilden, auf der andern keinen richtigen Begriff annehmen und mit dem *Ennius* sagen würden: Sed mihi neutiquam cor consentit cum oculorum adspectu. ap. Cic. Lucull. c. 17.
>
> Die Begriffe der Schönheit bilden sich bei den mehresten Künstlern aus unreifen ersten Eindrücken, welche selten durch höhere Schönheiten geschwächt oder vertilgt

werden, zumal wenn sie, entfernt von den Schönheiten der Alten, ihre Sinne nicht verbessern können usw.

Diese Begriffe sind verneinend; ein bejahender Begriff aber erfordert die Kenntnis des Wesens selbst, in welches wir in wenig Dingen hineinzuschauen vermögend sind. Denn wir können hier, wie in den mehresten philosophischen Betrachtungen, nicht nach Art der Geometrie verfahren, welche vom Allgemeinen auf das Besondre und Einzelne und von dem Wesen der Dinge auf ihre Eigenschaften geht und schließet; sondern wir müssen uns begnügen, aus lauter einzelnen Stücken wahrscheinliche Schlüsse zu ziehen etc.' – – –"

Das Genie ist aber doch im Grunde nur eine Fertigkeit.

„Nur? – Gebieten Sie doch dem Kinde – ich will's *Schönaich* nennen – auf die Szenen der Natur ein malerisches Auge zu werfen; zeigen Sie ihm, was es zu beobachten habe, um die fürchterliche Seite der Körperwelt und der Geisterwelt mit einem gleichen gelehrten Gefühle zu fassen; lehren Sie es die Rätsel des menschlichen Herzens entfalten und Gedanken, die noch nicht geboren waren, im Verborgenen belauschen; nicht genug, daß es beobachten lernte, lehren Sie es die schwerere Kunst, *nachzubilden*; mit einem Worte, lassen Sie es alle die Kenntnisse einernten, alle die praktischen Talente erwerben, die *Shakespeares* Genie ohne alle Vorübung schon in sich selbst, wie durch eine Art von Eingebung, besaß: dann sehen Sie, ob aus diesem *Schönaich* bei aller erworbenen Fertigkeit jemals ein *Shakespeare* werden könne."

Wie wollen Sie mir dartun, daß ich das Gegenteil erwarten müsse?

„Durch das Beispiel weit berühmterer Männer, die bei der stärksten Nacheiferung, dem besteingerichteten Studium und der emsigsten Beobachtung der Natur nur die Eitelkeit ihrer Unternehmung bestätigten."

Sie waren also Köpfe von geringerm Gehalte. –

„Folglich ist das Genie keine bloße Fertigkeit, d. i. keine solche, die sich durch Übung erwerben läßt."

Ich verzweifle, eine gute Definition vom Genie zu erfahren, wenn die Sache so viele Schwierigkeiten hat.

„Vom Genie *überhaupt* dürfen Sie sich keine vollständige noch weniger eine genetische versprechen; die Ausleger haschen nach ihr, wie, um eine Vergleichung von Herrn *Winkelmann* zu entlehnen, bei einem fliegenden Jucken in der Haut, dessen Ort man nicht zu finden weiß. Bald ist es ihnen die Sammlung aller Fähigkeiten; bald die Vollkommenheit derjenigen einzelnen, die uns die Natur mit auf die Welt gab. Man studiert, sagen einige, man sucht sein Talent; oft verfehlt man es: das Genie entdeckt sich selbst. Das Talent kann vergraben sein, weil es keine Gelegenheit hat vorzudringen; das Genie arbeitet sich durch alle Hindernisse hindurch. Das Genie erschafft; das Talent setzt nur ins Werk. Das Genie widmet sich erhabnen Wissenschaften und Künsten; der unbestimmtere Geist flattert auf alles: L'un n'embrasse qu'une science, mais il l'approfondit; l'autre veut tout embrasser, et ne fait qu'éffleurer; l'esprit rend les talens plus brillans sans les rendre plus solides; le génie avec moins d'application voit tout, dévance l'étude même, et perfectionne les talens. – Sie sehen das Schwanken dieser Begriffe; Sie bemerken das fliegende Jucken der Haut. Allein, was gehet uns das Genie *überhaupt* an, uns, die wir nur bemühet sind, das *poetische* auszufinden? Die Kennzeichen dieses letztern hoffe ich Ihnen so deutlich zu entwickeln, daß Sie seine Spuren nicht leicht werden verfehlen können, wo Sie es auch antreffen. Ehe dies aber geschieht, lassen Sie uns einen kleinen Umweg nehmen und statt des Subjekts das Objekt betrachten."

Sie wollen doch keine Ästhetik erfinden?

„Fürchten Sie nichts. Wo man sich kurz fassen darf, spricht man zuweilen mit der Schule. Aber Sie tun wohl, daß Sie mir zu verstehen geben, ich holte zu weit aus. Ich hätte in der Tat nicht nötig gehabt, diese Umschweife zu machen."

Wenn Sie mich überzeugen, werde ich Ihnen für noch längere verbunden sein.

„Der Stoff der Dichtkunst, nach einer gewöhnlichen und richtigen Induktion, sind *Handlungen* und *Empfindungen*, Handlungen mit Empfindungen verbunden, Empfindungen mit Handlungen verbunden, Handlungen ohne Empfindungen und Empfindungen ohne Handlungen." –

Es gibt auch einen Stoff, der keins von diesem allen ist. –

„Nämlich das Räsonnement, die Deskription u. dergl. m. – Der Grundstoff der griechischen *Odyssee* und des französischen *Telemach* ist nicht Empfindung, sondern Handlung. Woher kömmt's, daß Sie jene eine Epopöe nennen, diese nicht?"

Die Kunstrichter geben keine andere Ursache davon an, als weil dem letztern die Anrufung an die Muse fehlt und weil er in Prose geschrieben ist.

„Lassen Sie uns also noch acht oder zehn Verse an die Muse hinzuschreiben und diese Prose in Hexameter übersetzen: ist der *Telemach* nun eine Epopöe?"

So scheint's. –

„Mir nicht!"

Wer verwehrt's uns, ihn so zu nennen?

„Der Geist des *Homer*!"

Hat der *Telemach* nicht Erfindung, Maschinen, eine reiche und glänzende Sprache?

„Allerdings; und von daraus folgre ich, daß hierin noch nicht dasjenige stecken könne, was wir *poetisches Genie* nennen. Erfindungen zeigen mir nur den Grad des Witzes und der darunter mitbegriffenen Seelenkräfte ihres Erfinders an: *Boccaz* hat mehr erfunden als *Homer*. Eben das gilt auch von den Maschinen und zuweilen nicht einmal. *Homers* Sprache ist bei seinem britischen Übersetzer ebenso reich und glänzender als beim *Homer* selbst."

Der Plan und die Anordnung dieser erfundenen Handlungen und Maschinen –

„Sind ein Beweis von dem Geschmacke ihres Urhebers."

Vielleicht das große Ganze?

„Das Ganze ist im *Herkuliskus* noch größer" –

Mit Ihren wunderlichen Vergleichungen! Wo steckt denn der teure Unbekannte, der Genius des *Homer*? Denn ich *empfinde* freilich, daß es nicht die genannten Eigenschaften sind, die mich bei der Lesung der *Ilias* und der *Odyssee* so gewaltsam mit sich fortreißen und dieses Feuer in meiner Seele zurücklassen, das mich über mich selbst zu erheben scheint. Ziehen Sie die Wolke unter ihm hinweg! –

„Erschrecken Sie nicht; sein Ansehen würde Ihnen besser gefallen als sein Name. Er heißt – mit einem Worte und ohne Gepränge, ich nenne ihn *Betrug*" –

Fast möchte ich lachen, statt zu erschrecken. –

„Betrug einer höhern Eingebung – Nicht anders! Der beständige Ton der Inspiration, die Lebhaftigkeit der Bilder, Handlungen und Fiktionen, die sich uns darstellen, als wären wir Zuschauer, und die wir mit bewunderndem Enthusiasmus dem gegenwärtigen Gotte zuschreiben: diese Hitze, diese Stärke, diese anhaltende Kraft, dieser überwältigende Strom der Begeisterung, der ein beständiges Blendwerk um uns her macht und uns wider unsern Willen zwingt, an allem gleichen Anteil zu nehmen – das ist die Wirkung des Genies! Wenn *Bodmer* das kann, so ist er unser *Homer*!" –

Sie lehren mich in der Tat die viuida vis animi, das os Graium und rotundum aus einem ganz neuen Gesichtspunkte betrachten. Die Illusion des gegenwärtigen Gottes – die Inspiration – die viuida vis animi – so ist's! *durch sie allein konnten Erdichtungen Wahrheit werden!*

„Sie werden mir zugeben, daß diese Kraft, *die ich in Beziehung auf uns Trug oder Illusion nenne*, diese Kraft, die Natur wie gegenwärtig in der Seele abzubilden, in Beziehung auf den Dichter diejenige entschiedene und hervorstechende Eigenschaft sei, die wir uns unter dem Namen des poetischen Genies auch da denken, wo wir uns von unsern Begriffen nicht immer Rechenschaft zu geben wissen. Sie kann weder durch Kunst noch durch Fleiß erreicht werden; sie ist einigen, und zwar den wenigsten Geistern eigentümlich; kurz, sie ist das Genie. Dies ist keine Definition: aber es ist Erfahrung, es ist Gefühl. Durch sie bewegt sich alles, lebt alles, handelt alles; der Leser ist, um mich mit *Popes* Worten auszudrücken, bei den Versammlungen und Streitigkeiten der *Homerischen* Helden nicht etwa bloße Partei, die sich durch einen Dritten etwas erzählen läßt; der Geist des Dichters reißt ihn mitten unter die Versammelten; die Gegenstände frappieren ihn so sehr, daß er sie nicht zu hören und zu sehen scheint, sondern sie wirklich hört und sieht. – Der Gang seiner Verse sogar nimmt Anteil an dieser allgemeinen Aktion: ein Hexameter tritt einher wie eine Armee. Alle seine Charakter haben ihr besonderes und eigenes Gepräge; das Genie drückte sein Siegel darauf. Darum machen sogar die ähnlichsten Charakter veränderte Erscheinungen, und nichts, es sei belebt oder unbelebt, tritt ohne diesen bezeichneten Charakter auf, der seinen Ursprung in der unbegreiflichen Vigeur des Geistes hat. Alles, sagt *Aristoteles,* hat beim *Homer* Sitten; es ist kaum zu glauben, wie wenig Zeilen in einem Werke von dieser Länge bloß der Erzählung gewidmet sind. Die Sentiments selbst, die bei andern Schriftstellern ermüden, zeigen hier die Erhabenheit ihrer Abkunft; sie sind Funken aus der glühenden Hitze des Genies, reine, geistige und sublime Funken ohne den Rauch des Schwätzers. Seine Bilder, seine Gleichnisse sind uns original, weil unser Auge nur auf der Oberfläche hangenblieb, durch welche das Auge des Genies weit hindurchgedrungen war; der ganze Anstrich wird uns neu, weil er seine Farben von dem widerstrahlenden Feuer des Dichtergeistes herübernimmt. *Homers* Worte selbst sind, nach *Aristoteles'* Ausdrucke, lebende Worte, Ausschwünge der redenden Gottheit oder Muse, die die Dinge durch Worte um sich her erschafft und uns zu Zuschauern ihrer Schöpfung zuläßt: lichthell, warm und handelnd sind Beiwörter der *Homerischen* Sprache.

Lassen Sie mich über *das*, was ich Ihnen eben itzt in dem unphilosophischen Stile der Empfindungen gesagt habe, einige kältere, vielleicht begreiflichere Anmerkungen machen. Die Eigenschaft des Genies, die ich durch *Kraft* andeutete, scheint in der Tat eben das zu sein, was man mit andern Worten eine bildliche Empfängnis der Objekte in der Seele nennen könnte – eine Wendung in der Art zu denken, wodurch jeder bestimmte Gegenstand mit allen seinen Verhältnissen, Beziehungen und Phänomenen, mittelbar oder unmittelbar, zur Individualität des Dichters übertritt. Die Imagination ist also von dem poetischen Genie unzertrennlich: aber sie ist dieses Genie nicht selbst. Vor ihr her geht eine andere Kraft, die Kraft der *Beobachtung,* welche mit einer dritten ausübenden verbunden sein muß, die ich durch *Klugheit des Genies* ausdrücken möchte, weil sie sich nicht sowohl auf das Beobachtete in dem Vorwurfe als auf das Werk des Künstlers und auf dessen Wirkungen in dem Herzen und Verstande des Zuhörers oder Lesers bezieht."

Diese Begriffe sind mir zu abstrakt.

„Ich will sie Ihnen durch ein Beispiel aus einer verwandten Gattung zu erläutern suchen. *Fielding* besaß unleugbar eine Fähigkeit, die Natur in ihrer verborgensten Werkstatt zu belauschen. Aber diese Fähigkeit war nicht bildlich; er gab seine Beobachtungen so stückweise von sich, wie er sie empfangen hatte: Die Gabe der Nachbildung war einem andern Geiste, *Richardson,* vorbehalten. Daher kömmt's, daß man den nachbildenden, obwohl richtig und vortrefflich beobachteten, Szenen des erstern den Zwang ansieht, wie z. E. in der tragischen Beschreibung der *Hendersonschen* Familie, in den traurigen Szenen zwischen *Nightingale* und Miß *Nancy* und besonders in der heiterern Szene zwischen *Jones* und *Sophia* im nächstletzten Kapitel, die alle unter *Richardsons* Gebiet gehört hätten. Die dritte genannte Eigenschaft, die Klugheit des Genies, vermissen wir bei eben diesem Schriftsteller an derjenigen Stelle, wo er, indem er den auf Kosten seines poetischen Charakters glücklich gewordenen *Jones* zum erstenmal in die Gesellschaft seiner *Braut* bringt, die unbehutsame Anmerkung macht, daß die beiden Geliebten vor diesem Umstande weit feuriger gewesen wären, einander in die Arme zu laufen, als itzt, da ihren Wünschen nicht das mindeste im Wege war. Diese Beobachtung kann nach der Natur sein: sed non erat hic locus. Anstatt das Interesse des Lesers zu verstärken, schwächt der Verfasser es, und weg ist die angenehme Illusion, die uns bis an das Ende des Werks mit sich hätte fortreißen sollen.

Diese drei Eigenschaften sind also der *poetischen Illusion* beförderlich; nur bitte ich, sie nicht für die einzigen wesentlichen des *poetischen Genies* zu halten und bei dem Worte *Imagination* meine zwiefache Erklärung hinzuzudenken, damit wir den Begriff desselben nicht mit dem Begriff der Metaphysiker und einiger schweizerischen Dichter und Kunstrichter verwechseln."

Ist aber nicht das, was Sie *bildlich denken* nennen, eben das, was in unsern Ästhetiken die Vollkommenheit des sinnlichen Ausdrucks heißt?

„Keineswegs! – Die erstere Bedeutung ist adäquat, die letztere nicht. Sie werden mich aus folgendem Räsonnement näher verstehen. Ich setzte das Kennzeichen des poetischen Genies in die *Illusion einer höhern Eingebung.* (Von der höhern Eingebung hernach; itzt von der Illusion.) Um diese Illusion hervorzubringen, sage ich, muß der Dichter die beobachteten Gegenstände bildlich denken und mit Wirkung ausdrücken können, welches zusammengenommen ich unter Nachbilden begreife. Das Nachbilden ist also derjenige höchste sinnliche Ausdruck, *der die Illusion erreicht;* da hingegen der höchste sinnliche Ausdruck oder die Vollkommenheit des sinnlichen Ausdrucks ohne Illusion da sein kann. Nehmen Sie die erste beste Tirade aus den Trauerspielen der Franzosen. Sie haben poetischen Stil, d. i. Vollkommenheit des sinnlichen Ausdrucks; Sie haben richtige Beobachtungen, (denn *Voltaire* beobachtet die Natur nicht selten ebenso gut als *Shakespeare* selbst): aber sie haben keine Nachbildung, denn sie haben keine Illusion; welches Sie daher zum Zeichen Ihrer Unzufriedenheit Deklamation schelten. Ich enthalte mich mit gutem Vorbedacht der Wörter Sinnlichkeit,

Begeisterung, Nachahmung usw., weil sie mir alle zu viel oder zu wenig sagen."

Wenn ich Sie aber recht begreife, so zielt Ihre ganze Theorie dahin ab, die Dichtkunst zu einer bildenden Kunst zu machen.

„Nicht in dem Verstande, worin Sie und die Kritici diese bildende Kunst nehmen. Warum wollen Sie nicht bei meinen eigenen Worten stehenbleiben, da ich ausdrücklich behaupte, daß das Wesen der Dichtkunst nichts anders als die Illusion einer höhern Eingebung sei?" –

Die durch Nachbilden hervorgebracht wird – die also auf sinnlichen Begriffen beruht. – Ist das nicht ein bloßer Wortstreit?

„Da haben wir ja die Geschichte der Disputationen! Sie zerren mich mit Gewalt in Ihre Lehrbücher hinüber, mit denen ich doch nichts gemein haben darf noch will. Sobald Sie mir den Begriff unterschieben, daß mein Nachbilden und die Sinnlichkeit der Ästhetiken einerlei sei (eine Verwechselung, die ich eben verbeten zu haben vermeinte): so geben Sie der Poesie augenblicklich die weiteste Ausdehnung: denn das kleinste Epigramm ist eine sinnliche Idee. – Und wollte ich mich einmal erst in das Fach der sinnlichen Ideen einlassen, so würden Sie mir so viel *Mittelgattungen* zwischen dem konkretesten poetischen Ausdrucke und der abstraktesten philosophischen Diktion erfinden, daß die Beredsamkeit selbst Poesie heißen und die Geschichte, in dieser Absicht, von der Fabel nicht mehr unterschieden werden könnte. Ich sehe aber nicht ein, was uns mit verworrenen Hypothesen gedient sein kann, da es eine so große Evidenz des Gegenteils gibt?"

Wenn Sie Betrug und höhere Eingebung und Betrug einer höheren Eingebung – Evidenz nennen wollen: so weiß ich in der Tat nicht mehr, was bestimmt oder unbestimmt denken heißt.

„Sie wissen es gewiß, sobald Sie nicht die Hülse, sondern den Kern, nicht das Wort, sondern den Sinn denken. Könnte ich die Wirkung, die der Poesie allein eigen ist, durch Worte von engerer Bestimmung und *gleichem Umfange* ausdrücken, ich wollte Ihnen diese anstößigen herzlich gerne aufopfern."

Gut. Der *Baumgartensche* Grundsatz ist Ihnen unadäquat. – Es sei darum! – Aber die Nachahmung der schönen Natur? –

„Als Grundsatz, nicht als Mittel."

Und das *Cramerische* Principium der Begeisterung? –

„Würde meiner Idee näherkommen, wenn es sich nicht nach der beigebrachten und gewöhnlichen Erklärung über alle Gattungen der Prose erstreckte. Der Zustand des Dichters bei der Komposition ist freilich eine Begeisterung: aber so ist es auch der Zustand des Artisten und sogar des Geschichtschreibers, weil es sonderbar wäre, wenn der letztere nicht geradesoviel lebhaften Anteil an seiner eigenen Arbeit nähme als der erstere. Ich sage, *näher:* denn gesetzt auch, Sie wollten Begeisterung für Inspiration setzen, so würde dieser Satz, für sich betrachtet, mir unfruchtbar sein und etwas ganz anders anzeigen, als was ich, meiner angeführten Erklärung zufolge, zur Absicht hatte. Es kömmt demnach bloß auf die Frage an, ob diese Absicht zu rechtfertigen und ob Ihr eigenes Gefühl, auch ohne Rücksicht auf Klarheit der Erkenntnis, für oder wider mich sei."

Eben der *Pope*, den Sie kurz vorher nannten, setzt *Homers* Genie ganz allein in die Erfindungskraft, und Erfindung scheint mir in der Tat von dem Begriff eines Genies ganz unzertrennlich zu sein.

„Ich bin nie willens gewesen, sie davon zu trennen. Das dichterische Genie wählt sich neue vehicula, weil es sich in andern nicht so bequem tätig erweisen kann; ja, es muß sich uns sogar schon seiner Natur nach neu und original darstellen, weil Begriffe, die aus einer solchen Seele kommen, von den gewöhnlichen durchaus abweichen. Die ganze Schwierigkeit mit zwei Worten zu heben: – wo Genie ist, da ist Erfindung, da ist Neuheit, da ist das Original; *aber nicht umgekehrt.* Der Witz gibt uns neue Seiten an die Hand; die Beurteilungskraft und Erfahrung weiß sie von den weniger neuen nach allen ihren Nuancen und Tinten abzusondern; und der Geschmack stellt sie, vermöge der Anordnung, in ihr vorteilhaftestes Licht. Hat nicht *Virgil*, haben nicht *Tasso* und *Voltaire* neue Erfindungen, neue Seiten? Haben sie nicht alles, was *Homer* hat? – das einzige ausgenommen, wodurch er uns *Homer* ist! – *Statius* und *Silius* beobachten eben den Gang, bedienen sich eben der Ökonomie, wie *Homer*: die *Form der Epopöe* ist aber das einzige, was sie mit ihm gemein haben; es fehlt ihnen *Homers* Genie. Wenn Sie also wollen, so nennen Sie auch den versifizierten *Telemach* eine Epopöe: nur hüten Sie sich, eine andere Ähnlichkeit zwischen *Fenelon* und *Homer* zu finden als die Ähnlichkeit des Fuhrwerks; eine Art von Usurpation, die sich der bel esprit von jeher über das Genie erlaubt hat. – Und nun glaube ich berechtigt zu sein, die Grenzen, wodurch sich der witzige Kopf oder bel esprit vom Genie auszeichnet, meinem Versprechen gemäß näher zu bestimmen.

Zuerst merke ich an, daß die Klassifikation der Gedichte kein Werk der Poeten, sondern der Kunstrichter ist, deren Zweck nur darin bestand, Phänomena, die schon da waren, zu erklären. Sie konnten sich also irren, und nichts verpflichtet uns, ihren Aussprüchen einen blinden Glauben zu unterwerfen.

Es gab glückliche Köpfe, die gewisse Begebenheiten mit ihren Erfindungen ausschmückten, den homerischen Ton annahmen *und was sie als Prose gedacht hatten, in Verse einkleideten.*

Andere, die ein lebhaftes Gefühl besaßen, *drückten ihre Empfindungen durchs Silbenmaß aus.*

Viele nahmen Fächer aus dem Gebiet der Prose herüber, z. E. moralische Abhandlungen, äsopische Fabeln, Satiren, Gespräche und dergleichen und gaben ihnen durch die Versifikation, zuweilen auch wohl durch die Sprache der Poesie, *eine neue Gestalt.*

Alle diese verschiedenen Gattungen kamen darin überein, daß sie ein abgemessenes Silbenmaß und eine veredelte Diktion hatten. Genug für die Kunstrichter! Sogleich ward die Versifikation eine Geschlechtsformel, und nun hieß alles, was versifiziert war und zugleich eine veredelte Sprache hatte, Poesie.

Wir bekamen also poetische Erzählungen, lyrische und didaktische Gedichte, poetische Fabeln, poetische Satiren und poetische Gespräche. Aus den letztern wurden Lustspiele und Trauerspiele.

Was diesen Mißverstand noch allgemeiner machte, war, daß manchmal wahre dichterische Genies sich mit jenen Gattungen des Witzes beschäftigten, und da sie ihr Talent nicht verleugnen konnten, so viele nur ihnen eigene Züge hineinmischten, daß man nicht mehr zweifelhaft blieb, Gattungen, die des poetischen Genies *fähig* waren, *ihrem innern Wesen nach* für Gedichte anzunehmen. Man machte also Grundsätze – Grundsätze der Nachahmung – Grundsätze des Guten und Schönen – Grundsätze des höchsten sinnlichen Ausdrucks – die alle dahin abzielten, dem poetischen Genie ein Eigentum beizulegen, worauf es gar keine Ansprüche machte.

Erwarten Sie nicht, daß ich alle diese eingeführten Dichtungsarten aus der Poesie verstoßen werde; ich überlasse Ihnen diese Untersuchung selbst und bitte Sie nur, unsern obigen Probestein dabei anzuwenden, wofern Sie ihn für brauchbar erkennen.

Dies einzige setze ich nur hinzu, daß ein jedes Werk des Witzes unter der Bearbeitung des Genies wahre Poesie *werden* könne, als eine *Gattung* betrachtet aber innerhalb der Grenzen des bel esprit bleiben müsse.

Lassen Sie uns vielmehr auf meine obige Einteilung der verschiedenen Stoffe in Handlungen und Empfindungen zurücksehen. Handlungen vor sich nehmen nur dadurch die Farbe des dichterischen Genies an, daß sie uns durch die Illusion, deren ich erwähnt habe, gegenwärtig zu sein scheinen. Empfindungen können dem Anscheine der Inspiration nahekommen und wie aus einer höhern Eingebung herfließen. Wenn also irgendeine Dichtungsart, *vermöge ihrer innern Natur*, Poesie ist, so muß es die *Epopöe* und die *hohe Ode* sein. Der Dichter der Epopöe bedient sich daher sogar eines mechanischen Mittels, uns in dem Wahne der höhern Eingebung zu erhalten: er ruft in allem Ernst eine Gottheit an, ihn zu inspirieren; und wenn er der große Genius ist, der er sein soll, so wird er sich durch die Gewalt, mit der er sich unserer ganzen Seele bemächtiget, unsers Glaubens schon zu versichern wissen. Ist er es nicht, oder ist er es in gewissen Augenblicken nicht, desto schlimmer für ihn; er betrügt uns nicht länger! – seine *Henriade* betrügt uns nicht länger! – Warum mußte er sich doch Gewalt antun, um uns zu überführen, daß er nur ein bel esprit ist! – So wahr und unzweifelhaft scheint mir diese Betrachtung, daß ich mir itzt die Ursache anzugeben getraue, warum die Kunstrichter und Leser von Geschmack mehr Einwürfe wider die *Odyssee* als wider die *Ilias* ausgefunden haben. *Homer* ist in jener, wo möglich, noch erfindungsreicher als in dieser; die Fabeln der *Odyssee* sind amüsanter, reizender, lehrreicher und wichtiger als die Fabeln der *Ilias*. Wenn das dichterische Genie in der Erfindung, in der Ökonomie des Ganzen, in der Neuheit, in dem Originalschwunge bestünde, warum gefiele uns jenes Gedicht weniger als dieses? Ist es nicht der Mangel einer unwiderstehlichen Inspiration, der uns erkalten läßt und uns unzufrieden macht, ohne daß wir eigentlich sagen können warum? Man merkt an dem Urheber der Odyssee den alternden, obgleich ungemeinen Geist; man merkt den weisen Mann, aber nicht mehr den Dichter der *Ilias*.

Von der Ode brauche ich wohl nichts zu erwähnen. Man muß die Davidischen Gesänge sehr schlecht gelesen haben, wenn man nicht beobachtet hat, wie unendlich hoch sie die Vorstellung einer göttlichen Eingebung über alle andere Oden erhebe und wie glücklich diejenigen Dichter gewesen, die eine ähnliche Idee in uns hervorzubringen wußten.

Das Drama beschäftigt sich mit Handlungen; das tragische Drama mit traurigen Handlungen. Ich finde nicht, daß hier die dichterische Kraft ein Requisit sei, und glaube, daß das Trauerspiel durch einen wohlgewählten Stoff, durch eine gewisse Konventionalwahrheit des Dialogs, durch eine vorteilhafte Anlage, die das Werk des Geschmacks ist und aus der die *theatralische Illusion* entspringt, seine Bestimmung schon erreicht habe. Ich setze das Trauerspiel also innerhalb der Grenzen des bel esprit und sage, *ein Trauerspiel sei kein Gedicht.* Eine andere Frage ist es, ob dieses Trauerspiel nicht durch den Einfluß des *dichterischen Genies* eine neue Stärke erhalte; – und dies bejahe ich. Wenn uns also in der *Shakespeareschen* Beschreibung der Felsen von *Dover,* nach *Addisons* Anmerkung, der Gegenstand so fürchterlich wird, daß wir schon durch die bloße Vorstellung den Schwindel bekommen; wenn uns die Wahrheit seiner sittlichen Gemälde oder Nachbildungen so gewaltsam hinreißt, daß wir nicht mehr Zuschauer, sondern Akteur sind: so zeigt dies bloß an, von wie weit höherer Art die *dichterische Illusion* sei als jene *theatralische,* die ich das Werk des Geschmacks genannt habe; und bestätigt den Satz, den ich schon im Vorwege behauptete, daß das dichterische Genie sich, durch seine Behandlung, Gattungen zueignen könne, die der Dichtkunst sonst gar nicht wesentlich sind. Meine Erklärung hat übrigens den Vorteil, daß sie uns begreiflich macht, wie die Tragödien eines *Racine,* eines *Corneille,* eines *Addison,* eines *Rowe* uns rühren, uns einnehmen, uns Tränen ablocken können, da doch ihre Verfasser bekanntermaßen keine Poeten waren.

Unter den witzigen Köpfen gibt es Stufen; unter den dichterischen Genies gar keine. Ein Poet ohne großes Genie ist gar kein Poet; er kann aber ein witziger Kopf sein: daher sagt man mit Recht, daß es seit Erschaffung der Welt kaum zwei oder drei Poeten gegeben habe.

Die Fertigkeit, die ein bel esprit, sie mag angeboren oder erworben sein, in der Bearbeitung gewisser Arten des Witzes äußert, wird gleichfalls Genie genannt. So sagt man vom *Otway*, er habe ein tragisches, vom *Molière*, er habe ein komisches Genie gehabt. Lassen Sie uns aber diese beiden Arten des Genies vom dichterischen Genie wohl unterscheiden.

Wenn meine Untersuchung keinen weitern Nutzen hat, so dient sie doch, die ewigen Streitigkeiten der neuern Kunstrichter über das Wort *Dichter* und *Versifikateur* auseinanderzusetzen. Übrigens glaube ich, daß ich mich zuweilen bestimmter und weniger weitschweifig hätte ausdrücken können, wenn mein Vortrag keine Unterredung gewesen wäre."

Wir erneuerten darauf unser Gespräch über die Büchersammlung unsers Freundes, womit ich Sie ein andermal unterhalten will, wenn ich erst weiß, ob durch den ungeheuren Brief, den ich Ihnen hier, ohne eigenen Aufwand, zusammengeschrieben habe, Ihre Begierde nach mehrern nicht schon erschöpft worden.

REZENSIONEN

Montag, den 18. April 1768

Geschichte des Agathon. Zwei Teile in 8. Frankfurt und Leipzig. (Zürich bei Orell, Gesner und Comp.) 1766. 1767

Wenn unsre Skribenten vom ersten Range so fortfahren, uns mit unsterblichen Werken zu überraschen, so werden wir allmählich den Unmut erklären können, mit dem sich gewisse englische Journalisten ganz neuerlich auf Veranlassung des *Messias* und *Tod Adams* über den Wind beklagten, der einige ihrer Landsleute antriebe, to recommend those heavy german dungcarts, who daily are perfuming this Metropolis, (eine zierliche Bildersprache, die wir uns nicht zu übersetzen getrauen). Neuer Zunder für ihre Galle! Wieland, abermals ein verwünschter Deutscher, wagt, sich durch ein Original, das dem geistreichsten Briten Ehre machen würde, den Fieldings und Richardsons an die Seite zu setzen. Wie hat der Deutsche so vermessen sein können? so vermessen zu einer Zeit, da jeder Kunstrichter von Grubstreet sich rüstet,

And stares tremendous with a threat'ning eye,
Like some fierce tyrant in old tapestry.

Aber nun werden unsre deutschen Leser, da wir genug und mehr als genug gesagt haben, ihre Aufmerksamkeit zu erwecken, eine nähere Nachricht von diesem Buche verlangen: denn ein Roman, den man neben den Meisterstücken der beiden großen Engländer nennen dürfte, müßte doch wohl ein wichtiges Werk sein?

Die *Geschichte des Agathon* macht eine neue Klasse von Romanen, die vielleicht gutenteils schon da gewesen ist, aber itzt erst einen Rang und einen Namen erhält, da der Verfasser sich durch das, was er aus seinem eignen hineinzulegen gewußt, in derselben obenan setzt. In eben dem großen Sinne, worin man Richardson zuerst denkt, wenn man von Romanen spricht, die das Herz rühren und die menschliche Natur zugleich enthüllen und erheben, und Fielding zuerst, wenn von Romanen für die Sitten, voll Charakter nach dem Leben und voll britischer Laune, die Rede ist; in eben diesem großen Sinne ist Wieland der erste Romanist, der die Einbildungskraft und, welches einigen sonderbar vorkommen wird, mit der Einbildungskraft zugleich den Verstand zu beschäftigen verstanden hat; bewunderungswürdig in den phantasiereichsten Zügen des Platonismus und in den nur allzuglänzenden Gemälden beides der geistigen und körperlichen Wollust, noch bewundernswürdiger in der überschwenglichen Fülle seiner philosophischen Bemerkungen, seiner Weltkenntnis und seiner fast attischen Beredsamkeit. Wir wollen damit nicht leugnen, daß die Gattung der beiden Engländer nicht an sich besser sei: allein der König eines in seiner Art geringern Strichs Landes ist gleichwohl auch ein König.

Inzwischen dürfen wir, bei der Verpflichtung, worin wir stehen, unsern Mitlesern vollkommene Rechenschaft von unsrer Lektüre zu geben, nicht bergen, was uns an der *Geschichte des Agathon* einigermaßen mißfallen hat, eben darum mißfallen hat, weil es sehr vermeidliche Fehler betrifft. Herr Wieland ist in einzelnen Stücken (denn im ganzen ist sein Buch, wie wir gesagt haben, Original) zu sehr Nachahmer bald von Fielding, bald von Rousseau, bald von Cervantes: von Fielding, sowohl der Manier als dem Tone nach, in den an sich vortrefflichen Ausschweifungen, die den pragmatischen Teil seiner Geschichte ausmachen (sie sind so vortrefflich, daß W. seinen Meister weit zurückläßt); von Rousseau in der beredten Abhandlung des Hippias und einigen kleinern Auswüchsen, die sich übrigens der feinste und leichtsinnigste Athenienser zueignen dürfte; und von Cervantes in der Anlage des Werks selbst, deren Ähnlichkeit mit der spanischen Herr W. erst am Ende seiner Geschichte bemerkt zu haben scheint, wo er seinen vorgegebnen griechischen Autor, völlig auf die nämliche Art redend, einführt, wie Cervantes seinen arabischen. Wir könnten auch der verfehlten Wahrheit in einigen Charaktern erwähnen (die Wahrheit, so treffend sie in der Natur sein mag, ist in der Nachahmung immer verfehlt, wo der Dichter uns die geheimen Triebfedern und den Übergang aus einer Empfindung in die andre verbirgt), wenn wir uns nicht erklärt hätten, daß die *Geschichte des Agathon* nicht von dieser Seite zu beurteilen sei. Vielen wird die in ein System gebrachte epikurische Philosophie, der ziemlich herrschende Skeptizismus und die schwelgerische Schlüpfrigkeit einiger der reizendsten Gemälde anstößig sein: alles das ist wirklich anstößig. Allein zu geschweigen, daß doch am Ende die Gefährlichkeit eines solchen Buches immer nur etwas Verhältnismäßiges ist, je nachdem es einem verständigen oder unverständigen Leser in die Hände gerät, und daß, in dieser Absicht, solange die Welt steht, noch nie ein Buch geschrieben worden, das für alle Leser gerecht sei, welches auch freilich nicht wohl möglich sein möchte, da niemand leicht behaupten wird, für mehr als eine Klasse von Lesern schreiben zu können: so ist es billig, das moralische Verdienst eines großen Dichters von seinem poetischen zu unterscheiden, zumal wenn sich dartun läßt, daß selbst auf jener Waage der wahrscheinliche Nutzen den wahrscheinlichen Schaden weit überwiegt. Endlich würden wir vielleicht, wenn wir uns zu Verbesserern aufwürfen, hin und wieder, vornehmlich zu Anfange des Werks, einige Ungleichheiten im Stil (S. 14. Agathon wurde von den ersten Strahlen aufgeweckt, die in horizontalen Linien an seiner Stirne hinschlüpften), einige Unrichtigkeiten im Üblichen (S. 40. die Kunst der Sophisten war allenthalben an ihrem rechten Platz, beliebt bei Hofe, beliebt an der Toilette, beliebt beim Spieltisch, beliebt beim Adel, beliebt bei den Finanzpächtern, beliebt bei den Theatergöttinnen, beliebt sogar bei der Priesterschaft. Oder S. 121., wo der Fehler noch größer ist, weil ein Grieche selbst redt: Gehe an die Höfe, du wirst Leute finden, welche das Glück, worin sie schimmern, der Empfehlung eines Kammerdieners, der Gunst einer Dame, die sich für ihre Talente verbürgt hat, oder der Gabe des Schlafs schuldig sind, womit sie befallen werden, wenn der Vezier mit ihren Weibern scherzt), einige Abweichungen von der Einheit in dem Charakter des Geschichtschreibers (S. 10, wo der Verf. von den Unsterblichen redet, die das Gewebe der menschlichen Zufälle leiten, da er doch in dem ganzen übrigen Teile des Werks ein Schriftsteller aus unsern Zeiten ist): diese und verschiedne andre solche Dinge würden wir aus unserm Exemplare wegstreichen, hätten wir es nicht von jeher für eine seltsame Art von Schwachheit gehalten, wenn man einem angesehenen Manne ein Bein unterschlägt, bloß um sich in der nichtswürdigen Gestalt eines Ausbesserers vor ihn hinzustellen.

Herr Wieland verspricht zum Schlusse Beiträge zur Geschichte der Danae, zu den Grundsätzen des Sophisten Hippias u. dergl., wofern ihn der Beifall des Publikum ermuntert. Wir glauben, ihn eines allgemeinen Beifalls versichern zu können; und sollt' auch das nicht sein: Männer, wie Herr Wieland, hangen nicht vom Beifall des Publikum ab.

Donnerstag, den 5. Mai 1768

Des Herrn Carlo Goldoni sämtliche Lustspiele. Mit Kupfern. Zweiter Teil. Leipzig bei Z. H. Eisfeld. 1768

Es hat vielleicht nie ein Dichter gelebt, der so viele Eigenschaften eines Komikus miteinander vereinigt hätte als Goldoni. Eine außerordentliche Fruchtbarkeit der Erfindung; Kenntnis des bürgerlichen Lebens; Gabe, die komische Kraft aus den gewöhnlichsten Stellungen hervorzulocken; Unterscheidung der ähnlichen Charakter durch einen einzigen durchgeführten Zug; Sprache des Umgangs nach den verschiednen Ständen und in dem meisterhaftesten Dialog. Vornehmlich ist seine Manier in Charaktern ganz bewundernswürdig. Er weiß seine Gegenbilder so zusammenzufinden, daß man über die *Wirkung* erstaunen muß. Um davon nur ein Exempel anzuführen, wer sollte glauben, daß ein *Blöder* etwas beitragen könnte, dem Charakter eines *Lügners* mehr Spiel zu verschaffen. Diese beiden scheinen ziemlich weit auseinander zu stehen, vornehmlich wenn sie in eine Handlung gebracht werden sollen, sich einander zu heben. Man muß sie beim Goldoni sehen, um sich einen Begriff davon zu machen: bei ihm sind sie füreinander geschaffen. In der Sprache des Umgangs, deren wir erwähnten, kennen wir keinen einzigen komischen Dichter, der das πρεπον so zu beobachten wüßte, der so wenig von dem witzigen Skribenten und so viel von den Personen seines Landes zeigte. Man ist mitten unter ihnen, hört die Leute in Italien selbst reden: es ist uns so gut, als hätten wir unter ihnen gereist. Hier ist keine Veredelung, keine theatralische Verstärkung: und doch nichts ekel noch unschmackhaft. Woher das? Der alte Grundsatz muß doch wohl Einschränkungen leiden. Doch den zu prüfen, sei einem bessern Kenner, einem *Lessing*, vorbehalten.

Wenn Goldoni gut übersetzt würde, das wäre ein Schatz für unsre Sprache! Nichts müßte uns den weiten Abstand unsrer Büchersprache von der Sprache der Welt so überzeugend lehren können als eine solche Übersetzung. Und, mit wie vielem Vergnügen sagen wir es unsern Lesern, die gegenwärtige Übersetzung ist vortrefflich: aber man muß sie mit dem Geiste lesen können, mit dem sie gemacht ist, um sie zu schätzen. „Einen Pantalon, einen Brighella aufführen, um aus ihrem seltsamen Dialekt gutes Deutsch zu machen, ohne das Naive und Komische ihrer Charaktere zu vermissen; einen Harlekin reden zu lassen, ohne ihm das angenehme Tölpische in seinem Ausdruck zu benehmen, das heißt, im weitläuftigen Verstande genommen, beinahe selbst

Autor werden. Der Übersetzer muß sich in die Stelle der redenden Person setzen, selbst empfinden, selbst agieren": aber der Leser muß es auch: „Man muß selbst dabei fühlen: man muß sein Zimmer zum Theater machen, laut deklamieren, und sozusagen selbst Schauspieler werden. Eine gute Deklamation ist die Musik für den Verstand." Wie viele Leser gibt es wohl, die diese Musik in sich hervorbringen können? Fast so wenige, als es Übersetzer gibt, die dem Übersetzer des Goldoni gleichen.

Der erste Band enthält *den wahren Freund, den seltsamen Zufall, die väterliche Liebe oder das erkenntliche Dienstmädchen* und *den Krieg.* Der zweite *das neugierige Frauenzimmer* (worin die Fabel an die Freimäurerei anspielt), *den Lügner, den Vormund* und *die verstellte Kranke.*

Donnerstag, den 17. November 1768

Yoricks empfindsame Reise durch Frankreich und Italien. Zwei Bände. Hamburg und Bremen bei J. H. Cramer. 1768

Der britische Humor ist schwerlich jemals so echt und lauter in irgendeinem Menschen dagewesen als in diesem Herrn Yorick, wie er sich nennt. Und was diesen Humor besonders würzt, ist das gute, fühlende Herz, das immer durchscheint, der tiefsinnige Verstand, der sich oft hinter die flüchtigsten Züge versteckt, und eine nicht gemeine Kenntnis der Welt, die sich aber auf eine so sonderbare Art zeigt, daß ein unaufmerksamer Leser sie leicht für die größte Unkenntnis halten könnte: wie wir denn aus der Vorrede sehen, daß man sie wirklich dafür gehalten hat. Es soll uns lieb sein, wenn Yorick viele Freunde in Deutschland findet: aus einzelnen Urteilen, die uns von der Höhe einiger akademischen Kunstrichter herabgekommen sind, und aus dem *Pli,* den ihre demütigen Bewundrer, solche Leser (vielleicht leider! noch immer der größte Haufe in Deutschland), die sich nicht erkühnen, einen Schritt weiter vor sich zu sehen, als ihre

Kunstrichter gesehen haben – aus dem Pli, sagen wir, den die meisten Leser der Journale und Zeitungen angenommen haben, urteilen wir, daß wir ihm eben nicht allenthalben die günstigste Aufnahme versprechen können.

Der Übersetzer, der ein Mann von Einsicht zu sein scheint, hat sich in der Übersetzung des Worts Sentimental durch *empfindsam* nach der Meinung eines Gelehrten bequemt, von dem er folgende richtige Gründe anführt. „Es kömmt hier darauf an, Wort durch Wort zu übersetzen; nicht eines durch mehrere zu umschreiben. Bemerken Sie sodann, daß Sentimental ein neues Wort ist. War es Sternen erlaubt, sich ein neues Wort zu bilden, so muß es eben darum auch seinem Übersetzer erlaubt sein. Die Engländer hatten gar kein Adjektivum von Sentiment: wir haben von Empfindung mehr als eines: *empfindlich, empfindbar, empfindungsreich;* aber diese sagen alle etwas anders. Wagen Sie, *empfindsam.* Wenn eine *mühsame* Reise eine Reise heißt, bei der viel Mühe ist; so kann ja auch eine *empfindsame* Reise eine Reise heißen, bei der viel Empfindung war. Ich will nicht sagen, daß Sie die Analogie ganz auf Ihrer Seite haben dürften. Aber was die Leser vors erste bei dem Worte noch nicht denken, mögen sie sich nach und nach dabei zu denken angewöhnen."

Was uns diese Übersetzung sehr wert macht, ist die vorangeschickte kurze Lebensgeschichte unsers Sterne. Wir hätten hin und wieder einige Anmerkungen gewünscht, weil einem deutschen Leser vieles dunkel sein muß, was einem engländischen nicht so ist; unter andern da, wo Yorick dem Grafen B. seinen Namen im Hamlet zeigt: eine Anspielung, die so leicht niemand verstehen wird, der seinen Shakespeare nicht ganz im Kopfe hat.

ZEITTAFEL

1737	3. Januar. Heinrich Wilhelm von Gerstenberg in Tondern (Schleswig) geboren, als Sohn eines Rittmeisters in dänischen Diensten.
1757–59	Studium der Rechte in Jena; daneben erste literarische Tätigkeit.
1757	Klopstock: *Der Tod Adams* (Tragödie).
1759	Lessing: *17. Literaturbrief*; *Philotas.*
1759	*Tändeleien* (Gedichte).
1760	Eintritt in den dänischen Kriegsdienst.
1762	*Der Hypochondrist,* eine Holsteinische Wochenschrift, hrsg. von H. W. v. Gerstenberg.
1763	Als Rittmeister in Kopenhagen. Freundschaftlicher Verkehr mit Klopstock, Cramer, Sturz, M. Claudius u. a.
1766	*Gedicht eines Skalden.*
1766/67	*Briefe über die Merkwürdigkeiten der Literatur* (Gerstenberg hat als Herausgeber zugleich die größte Anzahl der Beiträge selbst verfaßt).
1767–69	Lessing: *Hamburgische Dramaturgie.*
1767–71	Rezensionen in der *Hamburgischen Neuen Zeitung.*
1767	*Ariadne* (Kantate, vertont durch Benda, Reichardt, Bach u. a.).
1767/68	Herder: *Fragmente über die neuere deutsche Literatur.*
1768	*Ugolino* (anonym).
1771	Austritt aus dem Militär; Übernahme in die deutsche Kanzlei.
1775	Als dänischer Resident in Lübeck. Wachsende finanzielle Bedrängnis.

1785	*Minona* (Melodrama; Musik von Schulz).
1812	Gerstenberg gibt die Beamtentätigkeit auf und widmet sich ausschließlich literarischen und insbesondere philosophischen Studien.
1815	*Vermischte Schriften*; 3 Bände (I. Minona, Ugolino; II. Lyrik; III. Philosophische und literarische Schriften).
1823	1. November. Gerstenberg stirbt in Altona.

LITERATURHINWEISE

[H. W. v. Gerstenberg:] Ugolino. Eine Tragödie in fünf Aufzügen. Hamburg/Bremen: Johann Hinrich Cramer, 1768.

H. W. v. Gerstenberg: Rezensionen in der Hamburgischen neuen Zeitung 1767–1771. Hrsg. von O. Fischer. Berlin 1904. (Deutsche Literaturdenkmale des 18. und 19. Jahrhunderts. 128.)

[H. W. v. Gerstenberg:] Briefe über Merkwürdigkeiten der Litteratur. Hrsg. von A. v. Weilen. Stuttgart 1890. (Deutsche Literaturdenkmale des 18. und 19. Jahrhunderts. 29/30.) [Mit ausführlicher Einleitung.]

H. W. v. Gerstenberg: Tändeleyen. Nachdr. der Ausg. 1759/1765. Mit einem Nachw. von A. Anger. Stuttgart 1966. (Deutsche Neudrucke des 18. Jahrhunderts.)

H. W. v. Gerstenberg: Briefe über Merkwürdigkeiten der Literatur. Nachdr. der Ausg. 1766–1770. Hildesheim 1971.

H. W. v. Gerstenberg: Vermischte Schriften. Nachdr. der Ausg. 1815/1816. 3 Bde. Frankfurt a. M. 1971.

K. Bohnen: Heinrich Wilhelm von Gerstenberg und das Problem der Sinnlichkeit im 18. Jahrhundert. In: Deutsch-dänische Literaturbeziehungen im 18. Jahrhundert. München 1979. S. 150–169.

R. H. Brown: Nature's Hidden Terror. Violent Nature Imagery in Eighteenth Century Germany. Columbia (SC) 1991.

A.-Th. Bühler: Hat das Drama *Ugolino* von Heinrich Wilhelm von Gerstenberg eine „aufklärerische Lehre"? Wetzlar 1995.

H. Dollinger: Die dramatische Handlung in Klopstocks *Der Tod Adams* und Gerstenbergs *Ugolino*. Diss. Erlangen 1930.

B. Duncan: „Ich platze!" Gerstenbergs *Ugolino* and the Mid-life Crisis. In: Germanic Review 53 (1978) S. 13–19.

O. Fischer: Gerstenberg als Rezensent der „Hamburgischen Neuen Zeitung". In: Euphorion 10 (1903) S. 56–76.

K. Gerth: Studien zu Gerstenbergs Poetik. Ein Beitrag zur Umschichtung der ästhetischen und poetischen Grundbegriffe im 18. Jahrhundert. Göttingen 1960. [Mit ausführlicher Bibliographie.]

K. Gerth: Heinrich Wilhelm von Gerstenberg. In: Deutsche Dichter des 18. Jahrhunderts. Ihr Leben und Werk. Hrsg. von B. v. Wiese. Berlin 1977. S. 393–411.

S. E. Gustafson: Sadomasochism, Mutilation, and Men: Lessing's *Laokoon*, Herder's *Kritische Wälder*, Gerstenberg's *Ugolino*, and the Storm and Stress of Drama. In: Poetics Today 201,2 (1999) S. 197–218.

K. S. Guthke: Gerstenberg und die Shakespearedeutung der deutschen Klassik und Romantik. In: Journal of English and Germanic Philology 58,1 (1959) S. 91–108.

M. Jacobs: Gerstenbergs *Ugolino*, ein Vorläufer des Geniedramas. Diss. Heidelberg 1898.

U. Karthaus: Heinrich Wilhelm von Gerstenberg. In: Deutsche Dichter. Leben und Werk deutschsprachiger Autoren. Hrsg. von G. E. Grimm und F. R. Max. Bd. 4. Stuttgart 1989. S. 20–28.

M. Koch: Die Schleswigschen Literaturbriefe. Diss. München 1878.

R. Pascal: Shakespeare in Germany 1740–1815. Cambridge 1937.

C. Redlich: Gerstenberg. In: Allgemeine Deutsche Biographie 9 (1879) S. 60–66.

H. J. Schmidt: The Language of Confinement. Gerstenberg's *Ugolino* und Klinger's *Sturm und Drang*. In: Lessing Yearbook 11 (1979) S. 165–197.

K. Schneider: Heinrich Wilhelm von Gerstenberg als Verkünder Shakespeares. In: Jahrbuch der Deutschen Shakespeare-Gesellschaft 58 (1922) S. 39–45.

R. Sheppard: Lessing, Gerstenberg und *Ugolino*. In: Forum for Modern Language Studies Edinburgh 7 (1971) S. 60–67.

G. Stein: Genialität als Resignation bei Gerstenberg. In: G. Mattenklott / K. R. Scherpe (Hrsg.): Literatur der bürgerlichen Emanzipation im 18. Jahrhundert. Kronberg 1973. S. 105–110.

A. M. Wagner: Heinrich Wilhelm von Gerstenberg und der Sturm und Drang. 2 Bde. Heidelberg 1920–24.

NACHWORT

„Wieder ein Knochen für die kritischen Hunde", schrieb Lessing an Ebert nach dem Erscheinen des *Ugolino* (1768). Und tatsächlich: Gerstenberg hat es den Kritikern nicht leicht gemacht. Mit seiner Tragödie schlug er einen Weg ein, dem zu folgen nur wenige Zeitgenossen in der Lage waren. Selbst Lessings kritisches Instrumentarium versagte, obwohl er Gerstenberg durchaus wohlwollend gegenüberstand; er wünschte das Stück in einem wesentlichen Punkte abgeändert – worüber noch zu reden sein wird. Einzig Herder ahnte etwas von der eigentlichen Absicht des Verfassers, und die Dramatiker des Sturm und Drang schickten sich wenige Jahre später an, ihn zu überbieten. Nun hatte man gerade von Gerstenberg einen solch kühnen Schritt nicht erwartet: Der dänische Offizier und Beamte hatte sich mit Kriegsliedern und Bardengesängen, vor allem aber mit seinen *Tändeleien* einen Namen als empfindsamer Sänger der Liebe und der Freundschaft gemacht. Wer genauer zugesehen hätte, dem wären freilich schon in den *Briefen über die Merkwürdigkeiten der Literatur* Ansätze zu einer neuen, die rokokohafte Genrepoesie übersteigenden, kraftvoll-enthusiastischen Dichtungsauffassung nicht verborgen geblieben. Gerade diese schillernde Vielfalt gehört zum widerspruchsvollen Bild Gerstenbergs: die traditionelle Lyrik sowohl wie die scharfsinnige Erörterung der damaligen Möglichkeiten der Poesie in seinen kritischen Schriften, die rührende Kantate der *Ariadne* wie der geniale Wurf des *Ugolino*. Dieser Unsicherheit entspricht schließlich jenes merkwürdige Verstummen für die restlichen fünfzig Jahre seines Lebens, die Absage an jede literarische Tätigkeit und das Ausweichen in philosophische Spekulationen. In dem einen schöpferischen Jahrzehnt seines langen Lebens aber hat Gerstenberg der deutschen Literatur an dem wichtigen Übergang von Empfindsamkeit und Aufklärung zum Sturm und Drang in dichterischem Beispiel und in kritischer Reflexion neue Möglichkeiten erschlossen. Man hat oft auf die Situation des Überganges hingewiesen, auf das Moment des Aufbruchs, die Gerstenbergs Wirken bedingen, das durch Anregungen, Hinweise und Vorstöße in neuentdecktes Gebiet genauer charakterisiert wird als durch endgültige, geschlossene Werke.

So gilt es kurz die historische Position des *Ugolino* in der Entwicklung des deutschen Dramas zu fixieren. Gottsched hatte in seinem Eifer, das deutsche Theater zu reinigen, auf die Gesetze der französischen „tragédie classique" zurückgegriffen, um eine Theaterdichtung von Rang in Deutschland zu etablieren. Ihre Regeln erhob er in seiner *Critischen Dichtkunst* zu bindenden Gesetzen, ihre vorbildlichen Stücke übersetzte und ahmte er nach in seiner *Deutschen Schaubühne.* Mit beidem vermochten er und sein Kreis aber kein lebensfähiges deutsches Drama von Rang hervorzubringen; er erregte vielmehr den Unwillen der jungen Generation, die sich durch die Regeln eingeengt fühlte und aus dem unnatürlichen Pathos der hohen Tragödie herauszukommen trachtete. Als deren glänzendster Sprecher trat Lessing auf, der in seinem berühmt gewordenen 17. Literaturbrief von 1759 die Autorität des französischen Theaters im Zeichen Shakespeares angriff, dessen Natürlichkeit pries und eine Lockerung des Regelzwangs forderte. In diese grundsätzliche Auseinandersetzung zwischen einem französisch-klassizistischen und einem shakespearisierend-modernen Dichtungsideal gehören Gerstenbergs Bemühungen um das Verständnis der Besonderheit von Shakespeares Genie, die wir in den Mittelpunkt unserer Auswahl seiner kritischen Schriften gestellt haben. Gerstenbergs Erkenntnisse führen dabei weit über das Shakespeare-Verständnis der Aufklärung hinaus (die den Briten für Deutschland entdeckt hatte und durch Wieland und Eschenburg die ersten Übersetzungen lieferte) und bereiten die panegyrische Shakespeare-Verehrung des Sturm und Drang vor, der sich wie Gerstenberg von dessen gewaltiger Naturkraft und genialen Regellosigkeit faszinieren ließ. Doch wie weitgehend man sich immer vom französischen Regeldrama theoretisch gelöst haben mochte: die dichterische Verwirklichung eines eigenständigen Dramentypus ließ auf sich warten. So veröffentlichte etwa Lessing im selben Jahre seines revolutionären Literaturbriefes seinen *Philotas*, ein Stück, das in seiner kalten Logik und sentenziösen Sprache vollkommen den Gottschedschen Regeln entsprach. Gewiß erfolgte durch die im Anschluß an französische und englische Vorbilder sich vollziehende Entwicklung des bürgerlichen Trauerspieles eine Erweiterung der thematischen Möglichkeiten, doch unterschied sich dieses bürgerliche Trauerspiel seiner Struktur nach kaum vom Drama klassizistischen Zuschnittes und durchbrach lediglich dessen Ständeklausel. Erst der Sturm und Drang verwirklicht – freilich meist in genialischer Überspitzung – den neuen, shakespearisierenden Dramentypus.

In diesen Streit zwischen französischer Formstrenge und shakespearischer Fülle und Regellosigkeit hinein stellt Gerstenberg den *Ugolino* als ein Experiment seiner neuen Dramaturgie. Diese historische Bedingtheit erklärt gewisse Schwächen des Stückes, enthüllt aber zugleich seine Bedeutung als Dokument eines Übergangs zu neuen literarischen Formprinzipien. Freilich erreichen die Radikalität, mit der Gerstenberg seine Konzeption des Dramas verwirklicht, die Kraßheit des Vorwurfs und die Wahrheit der Darbietung einen Endpunkt: In dieser Richtung der Affektsteigerung konnte man nicht weiter gehen. Erst Goethes *Götz von Berlichingen* hat eine praktikable Lösung geschaffen und damit eine Nachfolge ermöglicht. Gerstenberg hat den Vorwurf seines Stückes der Hölle aus Dantes *Divina Commedia* entnommen (siehe Anhang), weil er ihm die reine Darstellung von Affekten auf der Bühne zu bieten schien. Graf

Ugolino wird, als er im Machtrausch nach der Alleinherrschaft von Pisa strebt, von seinem Feind, dem Erzbischof Ruggieri, gestürzt, mit seinen Söhnen in den Turm geworfen und dort schließlich dem Hungertod überlassen. Aus dieser Episode der großen Auseinandersetzung zwischen Guelfen und Ghibellinen läßt nun Gerstenberg alles, was sie an Haupt- und Staatsaktion, an Intrigen und theatralischen Auftritten in sich bergen mochte, aus und drängt sein ganzes Drama auf die eine große Szene im Hungerturm zusammen. Zugleich verlagert sich dadurch das Problem des Tragischen, da die Figuren nicht mehr in ihren Handlungen, sondern im passiven Erdulden des über sie verhängten Urteils gezeigt werden. Einzig der Befreiungsversuch Francescos deutet eine Auflehnung gegen das Schicksal an. Zwar ist Ugolino von Schuld nicht freizusprechen, aber das Verhältnis von Schuld und Sühne, von Unrecht und Leid, das im Zuschauer Mitleid erwecken soll, steht nicht mehr im Zentrum, da es von dem eigentlichen Zweck des Dramas, der Darstellung der Leidenschaften, ablenken würde. „Die Modulation der Leidenschaften und Gemütsbewegungen vertritt den Gang der sich sonst durch Tat manifestierenden Handlung“ (R. Hamel). Gerstenberg demonstriert, wie der tragische Held im Übermaße seines Leidens reagiert, und er führt dieses Leiden in seiner ganzen erschütternden Gewalt vor. Eine solch intensive Durchleuchtung sah er in Shakespeares Stücken unnachahmlich verwirklicht. Und welche Fülle von Möglichkeiten bietet nicht diese Kerkerszene einem Charakterzeichner! Die ganze Skala der Affekte von der zärtlichen Vaterliebe und standhaften Männlichkeit bis zu den unmenschlichen Ausbrüchen des Hungers und der baren Verzweiflung wartet der dichterischen Gestaltung. Dabei verdichtet Gerstenberg diese Transponierung des Geschehens ins Innere durch ein Äußeres: Der Raum, in dem sich das Ungeheuerliche abspielt, der schaurige Hungerturm, gewinnt in seiner stummen Präsenz sinnbildliche Bedeutung, indem er die undurchdringliche Einsamkeit und dunkle Hoffnungslosigkeit der Eingeschlossenen – wie furchtbar endgültig dröhnt das Zuschlagen der Kerkertüre! – sichtbar macht. (In weit stärkerer Symbolisierung hat Hofmannsthal einen Turm in seinem späten Drama verwendet). Eine so innige Verflechtung von Bild und Geschehen auf der Bühne, eine solche Versinnlichung des inneren Zustandes wird man in dieser Konsequenz selbst beim Vorbild Shakespeare nicht finden, und man muß sehr weit, bis zu Strindberg und dem expressionistischen Theater, gehen, bis man auf einen ähnlichen Versuch stößt, die theatralischen Mittel in diesem Maße zu beanspruchen.

Was an äußerem Geschehen, an „dramatischer" (im überlieferten Sinne) Handlung noch da ist, insbesondere der mißglückte Ausbruchsversuch, läßt zwar mühelos die Konturen des klassischen Gerüstes von Exposition, Steigerung, Peripetie und Katastrophe durchschimmern, dient aber nicht mehr der Spannungssteigerung, sondern soll eine äußere Begründung der Affektsteigerung bieten. Der Bogen, der von aufglimmender Hoffnung bis zu endgültiger Verzweiflung reicht, erhält durch diese Bindung seine Stringenz. So werden alle Mittel dem obersten Zweck, der Darstellung der Leidenschaften dienstbar gemacht, das Handlungsdrama verwandelt sich unversehens ins Seelendrama. Freilich vollzieht sich diese Metamorphose anhand einer extremen, unnatürlichen Situation, deren Wahl ohne das Vorbild Shakespeares nicht denkbar ist. Beides, die radikale Verinnerlichung wie die vor Exzessen nicht zurückschreckende äußerste Konsequenz der Leidenschaften hat denn auch die Aufführbarkeit des Stückes in Frage gestellt. Zwar hat Döbbelin es 1769 mit Erfolg in Berlin aufgeführt, doch ist es seither – wohl zu Recht – ein Lesedrama geblieben, das seiner historischen Bedeutung wegen seinen Platz in der Literaturgeschichte behauptet.

Die Zurückdrängung der Haupt- und Staatsaktion zugunsten des Seelengemäldes hat aber noch eine andere, überraschende Konsequenz: Gerstenberg zieht, um einen möglichst intensiven Spannungsbogen zu erreichen, die Vorgänge auf eine einzige Nacht zusammen, so daß, was der Theoretiker längst als nur bedingt gültig erkannt hatte, der Dichter in schönster Ordnung anwendet: die klassischen Regeln. Lessing hatte nur noch die Einheit der Handlung als notwendig anerkannt, während im *Ugolino* auch diejenige des Ortes (kein Szenenwechsel!) und der Zeit in äußerster Rigorosität beobachtet sind. Selbst die Beschränkung auf wenige Personen verweist auf die französische Tragödie. Ein historisches Paradoxon: der Shakespeare-Verehrer Gerstenberg präsentiert seine Tragödie im klassizistischen Gewand! Die Nachschöpfung aus dem Geist des Briten heraus vermochte sich noch nicht vom überlieferten Gattungstypus zu lösen und fand ihrem neuen Wollen noch keine adäquate Ausdrucksform. Hier wird jenes Dilemma sichtbar, auf das wir schon bei Lessings *Philotas* aufmerksam wurden, und das auch für Klopstocks *Der Tod Adams* zutrifft: Diese drei Stücke (auf deren Zusammengehörigkeit schon Herder aufmerksam gemacht hat) erfüllen die von ihren Verfassern abgelehnten Regeln aufs genaueste. Zwar meldet in ihnen ein Wille zu Neuem sich an, ja, sie alle entspringen direkt dem Unbehagen am überlieferten Drama und tendieren zu einer natürlichen Darstellung von Innerlichem, von Gefühlen und Leidenschaften, die angesichts des nahen Todes entspringen, doch vermögen sie sich dem traditionellen Vorbild nicht zu entziehen. Freilich bleibt Lessings *Philotas* den Helden der französischen Tragödie am stärksten verpflichtet; seine patriotische Rhetorik macht den Mangel an Wahrheit und Natürlichkeit der Affekte am stärksten spürbar. Klopstocks Drama dagegen versucht tatsächlich eine reine, vom äußeren Geschehen möglichst losgelöste Darstellung von religiös-lyrischen Empfindungen, doch fehlen ihm die atmosphärische Dichte und überzeugende Charakterisierungskraft, die Gerstenbergs *Ugolino* zu einem genialen Muster innerhalb der dramatischen Versuche dieser Vorläufer des großen deutschen Dramas stempeln.

Wozu dient nun aber diese Sichtbarmachung der Affekte angesichts einer extremen Situation, worin erblickt Gerstenberg den Zweck des Dramas? Er hat, ausgehend vom Studium der Werke Shakespeares, das Drama bestimmt als „lebendiges Bild der sittlichen Natur", als eine Darstellung der menschlichen Natur in ihren Leidenschaften und Empfindungen. Damit stellt er, abweichend von der Aristotelischen, von Lessing neu interpretierten Bestimmung, die stets von der Handlung ausgeht, den Charakter als den Träger der Affekte ins Zentrum. (Lenz hat dann in seinen *Anmerkungen übers Theater* den Unterschied von Handlungs- und Charakterdrama auf die Unterscheidung von Komödie und Tragödie übertragen). Die Wahrheit des Charakters wird zur höchsten Forderung erhoben, sie allein garantiert die Wahrscheinlichkeit der Handlung. Als ein lebendiges Bild soll auch der *Ugolino* verstanden werden (schon Herder spricht verschiedentlich vom Gemälde), wie denn tatsächlich das Fehlen einer starken Handlung die Statik und Tableauhaftigkeit des Stückes bedingt. Desto stärker sollen aber die Leidenschaften wirken. Ihre Kraft muß den Zuschauer im Innersten treffen, ihre Wahrheit soll eine möglichst vollkommene Illusion erzeugen. Diese Dramatik strebt nicht mehr die Reinigung des Zuschauers durch Furcht und Mitleid an, keine philanthropische Einübung ins Mitleid soll das Schreckliche legitimieren. Ein solch aufklärerisches Telos weist Gerstenberg zurück und fordert statt dessen eine Erschütterung des Herzens. In der Affizierung des Gemütes sieht er den Zweck von Dichtung überhaupt: Diese Befreiung von jeder moralisch-didaktischen Zweckhaftigkeit der Poesie verbindet Gerstenberg mit den Stürmern und Drängern. Durch eine möglichst sinnliche und wahre Darstellung der natürlichen Leidenschaften, durch größtmögliche Naturnähe (die den Kunstcharakter nicht ausschließt, wie Shakespeare erweist) wird der Zuschauer erschüttert. Dabei bleibt die Art und Weise, wie diese Illusion erzeugt wird, sekundär und dem einzelnen Dichter überlassen, wenn sie nur, in sich stimmig, eine innere Einheit bildet. Gerstenberg würde am liebsten die traditionelle Auffächerung in Tragödie, Komödie usw. aufheben, da sie über das Eigentliche des Dramas wenig aussagt und das Genie sich durch keine äußeren Regeln in der Darstellung lebendiger Bilder der sittlichen Natur binden lassen darf. Diese theoretische, an Shakespeare erarbeitete Konzeption steht hinter dem *Ugolino*, und man sieht, wie der Dichter hinter dem Theoretiker zurückbleibt. Zwar hat er Stoff und Absicht eines Seelengemäldes nach englischem Vorbild erstmals in der deutschen Literatur intendiert, doch haften dem Versuch zugleich noch Relikte der klassizistischen Dramatik an. Die Unvereinbarkeit der beiden Tendenzen erklärt zum Teil das ästhetische Ungenügen an diesem immerhin kühnen Vorstoß. Die Zeitgenossen erstaunte vor allem die bisher unerreichte Nähe zu Shakespeare, weswegen viele den Dichter tadeln zu müssen glaubten. Gerstenberg wehrte sich allerdings mit Recht gegen den Vorwurf der unbedingten Nachfolge: „Für einen Nachahmer des Shakespeare hält man mich vermutlich deswegen, weil ich Shakespeare bewundere. Es ist unnötig darauf weiter etwas zu antworten, als – daß ich viel nachzuahmen haben würde, wenn ich alle die nachahmen sollte, die ich bewundere. Und worinnen sollte ich Shakespeare wohl beim Ugolino nachgeahmt haben? in der Ökonomie des Stückes? im Detail? Ich wollte, daß man mir ein Exempel davon anführte, nur mit der Bedingung, daß man nicht für Nachahmung ansehe, was aus einer Ähnlichkeit der Materie entspringt." In der Tat ist Gerstenberg einem äußerlichen Shakespearisieren weit weniger erlegen als gewisse Stürmer und Dränger, die in dessen Namen die Dramenform völlig zertrümmerten und nur noch eine lockere Folge von „Fetzenszenen" auf die Bühne stellten.

Erschütterung des Zuschauers als Zweck, Darstellung der Leidenschaften in möglichster Naturnähe (Illusion) als Mittel und innere Einheit als einzige Regel: diese Forderungen seiner Ästhetik des Dramas hat Gerstenberg im

Ugolino zu verwirklichen gesucht, sie haben ihn in jenes Extrem getrieben, wo der klassizistische Dramentypus sich selber aufzuheben scheint. Doch so fortschrittlich seine Einsichten, so unadäquat sind noch die künstlerischen Mittel. Seine Darstellung des Kannibalismus nimmt dabei alle „naturalistischen" Kraßheiten des Sturm und Drang vorweg und überbietet sie in einer Weise, daß die Darstellung des Hungers derjenigen von Hamsun auch heute noch standhält. So weit sich vorzuwagen waren allerdings weder Herder noch Lessing bereit, und der greise Bodmer veröffentlichte 1770 eine Parodie *Der Hungerturm zu Pisa* auf das aufsehenerregende Stück. Die Kritik, die Lessing in dem erhaltenen Teil des Briefwechsels mit Gerstenberg am *Ugolino* übt, beruht auf seiner abweichenden Auffassung des Dramas, wie er sie gerade in diesen Jahren in der *Hamburgischen Dramaturgie* zu formulieren sich bemühte. Auf Grund seiner Mitleidstheorie wendet er am 25. Februar 1768 ein: „Mein Mitleid ist mir zur Last geworden: oder vielmehr, mein Mitleid hörte auf, Mitleid zu sein, und ward zu einer gänzlich schmerzhaften Empfindung. Es ward mir auf einmal recht wohl, als das Stück zu Ende war, das ich ohne meine Neugierde, die doch weniger auf das Ziel, als auf die Art ging, mit welchem der Dichter zu diesem Ziel gelangen werde, schwerlich zu Ende gebracht hätte. Ich eilte, mich von den Eindrücken, die es auf mich gemacht hatte, zu zerstreuen; und ich bekenne es, ich werde es schwerlich wagen, diese Eindrücke wiederum bei mir zu erneuern. Es ist mir lieb, Ihren *Ugolino* gelesen zu haben, nämlich in der Absicht, mich der Täuschung zu überlassen: zum zweiten Male lese ich ihn in dieser Absicht gewiß nicht wieder. Woher dies? Ihre Personen leiden alle. Die mehrersten derselben leiden völlig unschuldig – Kinder müssen die Schuld ihres Vaters nie mittragen. Die einzige Person, die vielleicht nicht ganz unschuldig leidet, leidet doch nicht in der Proportion ihrer Schuld, ihres ἁμάρτημα, welches völlig außerhalb dem Stück ist und von dem wir fast nichts erfahren."

Lessing verkennt damit gänzlich die andere, neue Intention dieses Stückes, dem es gar nicht mehr um die Erregung von Mitleid zu tun ist. Gerade die Schuldfrage läßt Gerstenberg mit voller Absicht außerhalb des Stückes. Die rückhaltlose Darstellung der Leidenschaften fragt nicht nach deren Gerechtigkeit oder Ungerechtigkeit, sondern einzig nach ihrer Wahrheit und Stärke. Das Gemälde des *Ugolino* will nicht mehr die durch die Vermessenheit des Helden gestörte Ordnung der Welt wiederherstellen, keine versteckte Theodizee eines Kosmos, in dem der Schuldige bestraft, der unschuldig Leidende belohnt wird, anbieten, sondern nichts als Erschütterung im Zuschauer erwecken. Deshalb werden die Vorgänge, die zu der Einkerkerung geführt haben, außerhalb des Dramas belassen, ja Gerstenberg antwortet Lessing sogar: „Eine weitläufige Exposition ist mir immer anstößig gewesen." Daher springt er sofort mitten hinein in die Handlung, um den Zuschauer zu überfallen; mit voller Absicht vermeidet er die wohldosierte Zumessung des Schrecklichen, welche die klassischen Regeln gestatten, damit die Gewalt des Dargestellten unmittelbar packe. (Ein späterer Dramatiker, L. P. Hahn, hat die Vorgeschichte in den Mittelpunkt seines Stückes *Aufruhr in Pisa* von 1776 gestellt und gibt sozusagen eine Einleitung in Gerstenbergs Drama, eine platte Staatsaktion in wildem Sturm-und-Drang-Stil.) Die Kategorie der Sympathie, die Lessing wie Herder anwenden und der ein eminent aufklärerisches Moment innewohnt, trägt hier nicht weit genug, ebensowenig der ihr korrespondierende Begriff der Schuld. Die „gewaltige Disproportion zwischen dem Verbrechen und dem Leiden", auf die Gerstenberg selbst hingewiesen hat, vergrößert ganz einfach die Spannweite der Affekte und vermag den Zuschauer stärker zu fesseln als die Zumessung einer gerechten Sühne. Vergebens suchen wir auch eine Kritik an staatlichen oder sozialen Verhältnissen, wie sie der Sturm und Drang gerne auf der Bühne erhob: auch das würde nur ablenken. Lessings Forderung, die sinnlosen Leiden Ugolinos (und des Zuschauers!) in dem Moment, wo jede Hoffnung geschwunden ist, durch Selbstmord abzukürzen, dokumentiert aufs neue Lessings grundsätzliches Verkennen des Stükkes. Gerstenberg antwortet auf Lessings Vorschlag: „Die Grundsätze des Zuschauers aber und seine Erwartungen jetzt beiseite gesetzt, bin ich, und Sie ganz gewiß mit mir, überzeugt, daß Ugolinos Selbstmord alles verderben würde. Der Gang und das Ziel meines Dramas war eine Verhungerung; ob die Vorsehung den unglücklichen Menschen retten, ob er seinem Charakter gemäß ausdulden wird, das ist der Knoten: diesen Knoten durch Selbstmord zu zerhauen, was kann leichter sein? aber wie zusammenhängend mit der vorgesetzten Absicht wäre es gewesen?" Dennoch existieren zwei Fassungen des Schlusses: ursprünglich hätte das Drama in reiner Verzweiflung und in der Verfluchung des Geborenwordenseins enden sollen. In der Buchausgabe hat Gerstenberg diesen Schluß zu einer stoischen Haltung gemildert, „und das Stück schließt sich nun mit einer Ergebung, die dem Zuschauer, nachdem er über die Folgen des Selbstmordes gezittert hat, eine viel heiterere Aussicht läßt als vorher". Man darf in dieser edlen Gefaßtheit Ugolinos ein Zugeständnis an den Zeitgeschmack sehen (und selbst in dieser Milderung war der Schluß Herder zu stark, der vom „abscheulichen Ausgang" sprach), der hinter der Intention des Verfassers zurückblieb. Noch konformer hat sich der alte Gerstenberg in seinen *Schriften* von 1815 gezeigt, wo er tatsächlich den Lessingschen Vorschlag übernahm und Ugolino opernhaft-pathetisch durch Selbstmord enden läßt.

Andrerseits rühmt Lessing die Kunst, mit welcher Gerstenberg ein Sujet bezwungen habe, „dessen Kontextur sich aller dramatischen Form zu verweigern scheint". Der *Ugolino* bleibe immer „ein Werk von sehr großen, ja außerordentlichen Schönheiten", und Lessing bedauert, daß wegen seiner Unaufführbarkeit das deutsche Theater nicht wirklich bereichert worden sei. Herder, der ein wacheres Sensorium für das Neue des Stückes zeigte, lobte vor allem die Charakterzeichnung, die er mit der Shakespearischen verglich. Er schreibt dem Drama zugleich eine griechische Simplizität zu, womit er genau die beiden (nicht völlig integrierten) Pole des Werks bestimmt. Noch Immermann rühmt den *Ugolino* als einziges modernes Drama von wahrhaft antikem Charakter. Mit einigem Recht kritisiert Herder die allzu blumenreiche Sprache voller Gestelztheiten und Wortspiele, die ihre Herkunft von Klopstocks künstlichem Enthusiasmus nicht verleugnen kann. Doch darf dabei nicht übersehen werden, daß die Sprache des reinen, verströmenden Gefühls damals überhaupt erst geschaffen wurde (Goethes *Werther*, der in dieser Beziehung bahnbrechend wirkte, erschien erst 1774), so daß sich der Experimentiercharakter auch sprachlich dokumentieren läßt.

Im düsteren Seelengemälde der Verhungernden zu Pisa versucht Gerstenberg eine natürliche und intensive Darstellung von Affekten zu geben, die den Zuschauer im Innersten ergreifen soll. Dieses lebendige Bild stellt er dem klassizistischen Regeldrama entgegen, indem er nicht mehr primär auf Handlung, sondern auf Zeichnung von Charakteren aus ist. Obwohl er die drei Einheiten beizubehalten genötigt ist, richtet er sein Augenmerk auf die Einhaltung der inneren Einheit, auf den im ganzen sichtbar werdenden Geist. Die Bemühung, das deutsche Drama aus dem Geiste Shakespeares heraus zu reformieren wie die noch nicht gelungene Befreiung von der klassizistischen Tradition spiegeln sich in exemplarischer Weise in seinem *Ugolino*.

Die *Briefe über die Merkwürdigkeiten der Literatur* (nach ihrem Erscheinungsort auch *Schleswigsche Literaturbriefe* genannt) erschienen 1766/67 fast gleichzeitig mit den *Fragmenten über die neuere deutsche Literatur* von Herder. Dieser äußeren Verwandtschaft korrespondiert eine innere: beide bemühen sich, das Erbe der 1765 eingegangenen, von Lessing und Mendelssohn herausgegebenen *Briefe, die neueste Literatur betreffend* anzutreten und das Richteramt, das diese Berliner Zeitschrift mit großer Strenge, aber allgemein anerkannter Autorität ausgeübt hatte, in einem neuen Geiste weiterzuführen. Mit dem Hervortreten der jungen Generation wird zugleich die Vorherrschaft Berlins, der Hochburg der literarischen Aufklärung, gebrochen: aus der Provinz, von den Rändern des Sprachraumes kommen die neuen Impulse: aus Riga und Schleswig. Beide erproben dabei ein neues kritisches Verfahren: Herders rhapsodische wie Gerstenbergs enthusiastische Kritik messen nicht mehr nach vorgegebenen Regeln, sondern lassen sich vom Strom ihrer Empfindungen leiten und suchen ihr Gefühl zu artikulieren. Ästhetische Systematisierung wird zugunsten der individuellen Begeisterung aufgegeben, die sich an der Einmaligkeit und Unwiederholbarkeit des Kunstwerkes entzündet. Dieser gegen die aufklärerische Idee einer Kritik aus den vom Verstand gebilligten Regeln gerichtete neue Versuch, Dichtung zu verstehen, markiert den Aufbruch der Sturm-und-Drang-Bewegung.

Dabei wird freilich viel aufklärerisches Gut mitgeschleppt. So übernimmt Gerstenberg die Form des Briefes von den Berlinern, wobei die an verschiedenen Orten wohnhaften Absender die Fingierung verschiedener Stile ermöglichen und zugleich die Besprechung von Texten außerdeutscher Literaturen motivieren. Dieses stilistische Mimikry sollte eine möglichst bunte Palette kritischer Haltungen ergeben, wozu Shaftesbury in seinen *Miscellaneous Reflections* das Rezept gegeben hatte. Gerstenbergs Streben nach Individualisierung verführt ihn dazu, jeden Schriftsteller und jede Nation in einer ihrer Sprache angenäherten Diktion zu behandeln. Unsere Auswahl aus den gut 350 Seiten mit naturgemäß vielen zeitbedingten Auslassungen gruppiert sich um zwei Hauptpunkte: einmal um die Erhellung der Besonderheit von Shakespeares Dichtung (große Teile aus dem *Versuch über Shakespeares Werke und Genie*, der die Briefe 14–18 füllt). Der andere Schwerpunkt liegt beim 20. Brief, wo, ausgehend von einer neuen Theorie der Lyrik, Begriffe wie Genie, Illusion, Empfindung, innere Einheit usw. erörtert werden, die in der Dichtungslehre größte Bedeutung erhalten sollten und, wie die Bemühungen um Shakespeare, Aufschlüsse über Gerstenbergs eigene Produktion vermitteln. Alle diese Begriffe stammen aus der ästhetischen Diskussion der Zeit, aus den Schriften Baumgartens, Meiers, Mendelssohns, Lessings, Cramers, Batteux-Schlegels u. a., werden aber von Gerstenberg in neuer und charakteristischer Weise definiert und angewendet. Natürlich werden sie nie systematisch vorgetragen, sondern dem lockeren Stil des freundschaftlichen Briefes entsprechend, im Dialog entwickelt, oft nur als Einfall oder Hinweis notiert. Aus diesem Grunde hat man meist Gerstenbergs Bedeutung für die Entwicklung der Ästhetik übersehen, bis K. Gerth in seiner sorgfältigen Arbeit diesen seinen Anteil wieder ins rechte Licht gerückt hat. Die wenigen Rezensionen aus der *Hamburgischen Neuen Zeitung* schließlich sollen ein anderes dokumentieren: die Weite des literarischen Horizontes. Bevor Goethe das Schlagwort von der Weltliteratur geprägt, hatte Gerstenberg es längst praktiziert. Er hat vor allem auf die italienische und spanische, aber auch auf die alte nordische Literatur aufmerksam gemacht (auch hier dankbar das Erbe der Aufklärung, insbesondere Bodmers antretend) und seine kritischen Maßstäbe an deren Simplizität, Gefühlsintensität und lebendiger Kraft geschärft. Wie bei Herder das neue Verständnis der Dichtung sich mit der „Entdeckung“ des Volksliedes und der Poesie der Bibel verband, so vermochte auch Gerstenberg bisher geschmähte Dichter (Ariost, Shakespeare, Cervantes u. a.) auf Grund seiner neuen Einsicht zu würdigen. Als Beispiele drucken wir die Besprechungen von Sterne und Goldoni ab, während die Rezension des *Agathon* von Wieland erweisen soll, wie frühzeitig Gerstenberg (mit Lessing und Blankenburg einer der wenigen) die Bedeutung dieses Romans für die deutsche Literatur erkannt hat.

Die Situation des Übergangs und des Aufbruchs stellte sich als bestimmend heraus nicht nur in der Struktur des *Ugolino* in ihrem Ineinander und Gegeneinander von Formstrenge und innerer Fülle, sondern auch in den Einsichten seiner theoretischen und kritischen Schriften, die neue Begriffe und Sehweisen prüften und damit der Literatur neue Provinzen zu erschließen vermochten. Durch diese Position des „Nicht mehr" und „Noch nicht" tritt seine Gestalt in ein gewisses Zwielicht: kein großer Dichter gewiß, aber ein wacher und bedeutender Vermittler an einer entscheidenden Wende der deutschen Literatur.

Christoph Siegrist

INHALT

Dichtungstheorie der Aufklärung und Klassik

IN RECLAMS UNIVERSAL-BIBLIOTHEK

Gellert, Christian Fürchtegott, *Die zärtlichen Schwestern.* Lustspiel. Im Anhang: Chassirons und Gellerts Abhandlungen über das rührende Lustspiel. (H. Steinmetz) 159 S. UB 8973

Gerstenberg, Heinrich Wilhelm von, *Ugolino.* Tragödie. Mit einem Anhang und einer Auswahl aus den theoretischen und kritischen Schriften. (Ch. Siegrist) 158 S. UB 141

Gottsched, Johann Christoph, *Schriften zur Literatur.* (H. Steinmetz) 387 S. UB 9361 – *Sterbender Cato.* Im Anhang: Auszüge aus der zeitgenössischen Diskussion über Gottscheds Drama. (H. Steinmetz) 144 S. UB 2097

Hamann, Johann Georg, *Sokratische Denkwürdigkeiten. Aesthetica in nuce.* (S.-A. Jørgensen) 192 S. UB 926

Herder, Johann Gottfried, *Abhandlung über den Ursprung der Sprache.* (H. D. Irmscher) 176 S. UB 8729 – *Journal meiner Reise im Jahr 1769.* Hist. krit. Ausgabe. (K. Mommsen / M. Mommsen / G. Wackerl) 312 S. UB 9793 – *Von deutscher Art und Kunst.* Einige fliegende Blätter. Von Johann Gottfried Herder, Johann Wolfgang Goethe und Justus Möser. (H. D. Irscher) 197 S. UB 7497

Lessing, Gotthold Ephraim, – *Fabeln.* Abhandlungen über die Fabel. (H. Rölleke) 167 S. UB 27 – *Hamburgische Dramaturgie.* (K. L. Berghahn) 704 S. UB 7738

Laokoon oder über die Grenzen der Malerei und Poesie. Mit beiläufigen Erläuterungen verschiedener Punkte der alten Kunstgeschichte. (I. Kreuzer) 232 S. UB 271

Schiller, Friedrich, *Kallias oder über die Schönheit.* Über Anmut und Würde. (K. L. Berghahn) 175 S. UB 9307 – *Über die ästhetische Erziehung des Menschen* (K. L. Berghahn) 287 S. UB 18062 – *Über naive und sentimentalische Dichtung.* (K. L. Berghahn) 151 S. UB 18213 – *Vom Pathetischen und Erhabenen.* Schriften zur Dramentheorie. (Was kann eine gute stehende Schaubühne eigentlich wirken? Über den Grund des Vergnügens an tragischen Gegenständen. Über die tragische Kunst. Das Pathetischerhabene. Über das Pathetische. Über das Erhabene. Über epische und dramatische Dichtung. Über den Gebrauch des Chors in der Tragödie. Tragödie und Comödie.) (K. L. Berghahn) 192 S. UB 18673

Schlegel, Friedrich, *»Athenäums« Fragmente und andere Schriften.* (A. Huyssen) 245 S. UB 9880

Schlegel, Johann Elias, *Canut.* Ein Trauerspiel. Im Anhang: Gedanken zur Aufnahme des dänischen Theaters. (H. Steinmetz) 128 S. UB 8766

Theorie der Klassik. (W. Voßkamp) 420 S. UB 18625

Winckelmann, Johann Joachim, *Gedanken über die Nachahmung der griechischen Werke in der Malerei und Bildhauerkunst.* (L. Uhlig) 157 S. UB 8338

Philipp Reclam jun. Stuttgart